Para Noe, por me abrir ainda mais os olhos.
R. O.

Para meus pais. Para Karen. Para Carol.
Pela parte prática.
D. A.

Beijos dados e não dados
David Aceituno, Roger Olmos
Texto: © 2011, David Aceituno
Ilustrações: © 2011, Roger Olmos
© 2011, Random House Modadori S.A.
© 2012, Sur Livros Ltda. para a presente edição.
Todos os direitos reservados.

Título original
Besos que fueron y no fueron

Tradução
Bárbara Guimarães Arányi

Revisão
Rosana de Angelo

Composição
Ida Gouveia / Oficina das Letras®

Grafia atualizada conforme o novo Acordo Ortográfico da Língua Portuguesa.

Dados Internacionais de Catalogação na Publicação (CIP) Câmara Brasileira do Livro, SP, Brasil

Aceituno, David
    Beijos dados e não dados / David Aceituno, Roger Olmos ; tradução Bárbara Guimarães Arányi. -- São Paulo : Octavo, 2012.

    Título original: Besos que fueron y no fueron.
    ISBN 978-85-63739-45-2

    1. Contos espanhóis I. Olmos, Roger. II. Título.

12-06445   CDD-863

Índices para catálogo sistemático: 1. Contos : Literatura espanhola 863

[2012]

EDITORA OCTAVO LTDA.
Rua dos Franceses, 117
01329-010 São Paulo SP
Telefone (11) 3262 3996
www.octavo.com.br

SUR LIVROS LTDA.
Rua Juvêncio Costa, 108
88036-270 Florianópolis SC
Telefone (48) 3233 2115
www.surlivro.com.br

Impresso na Espanha

Beijos
dados e não dados

David Aceituno   Roger Olmos

OCTAVO   SUR

De onde vêm os Beijos...

Vêm de misturar sabiamente as poções da minha lista,
garante o alquimista.
Do perfume de uma flor! Direto do coração!,
grita o delicado príncipe, tocando o rosto com a mão.
Vocês se equivocam, eles vêm da juventude e se acabam com ela!,
Peter Pan interpela.
Não é verdade! Qual o problema em beijar em qualquer idade
a quem bem se queira?,
apregoa a costureira.
Que rimas terríveis... soam banais e grandiloquentes,
como uma "música do verão". Deixem isso para o Cyrano!,
diz com altivez Morgan Kovalski,
reitor da Universidade Científica do Beijo. E conclui:
"É o cérebro que dá a ordem, movido por reações químicas.
E é só."
Bem perto daqui há uma máquina que os fabrica!,
grita Romeu.
E árvores maravilhosas das quais brotam beijos ao toque da minha varinha,
sussurra a Fada Inconstante.
Calem-se! Os beijos não existem! Vocês não sabem disso?,
amaldiçoa a Fada Má.

Quando todos se calam e olham para o teto como se estivessem pensando,
fala Madame Bechamel, a renomada chef nascida em um 28 de agosto,
com mais de cem anos e ganhadora de três garfos de aço inoxidável
por suas receitas com beijos. Ela diz, com cautela:

Talvez todos vocês tenham razão; cada um vive à sua maneira.
A única coisa que posso explicar é...

O caldeirão cozinha no fogão os beijos que virão com a tarde.

...como se cozinha um beijo
(por Madame Bechamel)

Menu especial
- Carpaccio de biquinhos com frutas vermelhas e mostarda.
- Beijos de crocodilo enroladinhos.
- Mil-folhas de Cyrano com cerejas sobre cama de creme.

Bebida: suco de morangos silvestres e maracujá.

Menu para um dia qualquer durante a semana, na Lua cheia
- Crocante de lábios com batata-doce e pera.
- Pargo ao forno.
- Mel com queijo.

Bebida: suco de lúcuma com suspiros (1)

Para cozinhar um beijo é preciso uma cozinha alegre, que cheire a limpeza, cantar um pouco.
Que ela tenha os móveis mais ou menos organizados, para que caibam mais surpresas e bagunça, e caixas secretas com vários tipos de amor, com mil sabores, além de frascos, especiarias orientais, panelas e colheres.
Ah!, e janelas abertas: um pouco de ar ou poder olhar um pedaço de céu ajudam na sensação de liberdade.

Escutem o chiar das frigideiras, os garfos e facas que se divertem esgrimindo nos pilões, panelas de pressão que assoviam alto quando o beijo já está pronto para ser dado ou recebido:
– APROVEITE BEM! – gritam para beijoqueiros e beijocados.
– SAÚDE! – brindam copos e taças.

Os beijos devem preferivelmente ser sinceros e da estação, potencializando assim o sabor e a textura do afeto.
E para não sobrar nenhum beijo cru,
Bechamel pede paciência,
pois o fogo lento dá mais sabor e aroma a tudo.

Recomenda-se um *sorbet* de limão
para ajudar na indigestão
provocada pela afetação e pelos empanados.
E para enganar o estômago se a fome apertar,
é permitido pinçar na memória os beijos um dia dados
e na imaginação os beijos que ainda se dará (ou talvez não).

Receita para bolinhos de maçã à moda Barbacerrada (para 41 pessoas: a tripulação): Bater em uma tigela, com o garfo e muito primor, 1 kg de farinha, três gemas de ovo e uma pitada de sal, até se formar uma massa compacta. Descascar com cuidado 20 maçãs e retirar seus corações com a espada antes de polvilhá-las generosamente com açúcar. Enrolar na massa, deixar descansar algumas horas e fritar no azeite. Servir na bandeja de ouro da última pilhagem.

(1) Descubra quem utilizou essa bebida para mudar seu destino.

Se você me der um beijo, eu lhe darei um botão. Vermelho, como seus lábios.

Transcrição de um encontro entre Peter Pan e Wendy, alguns anos depois:

WENDY: Você tinha mesmo tanto medo de compromisso?
PETER PAN: O compromisso pode tornar os beijos cinzentos e arruinar os sentimentos. E se envelhece mais rápido.
WENDY: E o que tem de errado em crescer? Você fica mais sábio.
PETER PAN: E mais chato.
WENDY: Aprende a saborear pequenas coisas, como os beijos.
PETER PAN: Você pigarreia, aprende a dissimular. E pior: para de brincar.
WENDY: Não. Acho que continuamos brincando, mas de outra coisa.

O beijo escondido de Wendy

Wendy esconde um beijo no cantinho direito dos lábios,
e ele continuará ali até que surja alguém a quem dá-lo.
Por que Peter Pan parece ser o pretendente perfeito?, muita gente se pergunta.
Muito simples: é bonito, autoconfiante e vem da Terra do Nunca.
Wendy lhe ensina a contar histórias e lhe diz que um beijo pode ser um dedal.[1]

Em troca, Peter Pan ensina Wendy a VOAR.
– Basta você ter pensamentos agradáveis – sussurra ele. – E se não conseguir, uma pitada de pó de fadas ajudará.
Se a obsessão do único crocodilo que vive na Terra do Nunca é devorar o Capitão Gancho, a obsessão do Capitão Gancho é acabar com Peter Pan.
Por sua vez, a obsessão de Peter Pan não é, como parece, conseguir o beijo que Wendy esconde no cantinho direito dos lábios, e sim VOAR – e, ainda mais do que isso, não se transformar nunca em um desses homens parecidos com o Capitão Gancho, que vão todos os dias para o escritório, de carro, metrô ou ônibus.

[1] Se quiser conhecer outra função dos dedais, visite uma costureira.

Esses dois parentes distantes da Fada Sininho não queriam crescer. Era uma maneira de ir guardando beijos. Estavam juntos há muitos anos e continuavam se encontrando no dedal. Costumavam ficar ali, embasbacados, olhando um para o outro como se não existisse futuro, apaixonados como no primeiro dia. Suas asas enfraqueciam, a vontade de voar enfraquecia, mas o que os unia não parecia enfraquecer nunca.

Trocou seu coração por uma pedra e esqueceu o que era um beijo.

Os verdadeiros motivos da Fada Má

Se tem uma coisa que a Fada Má detesta mais que **chocolate**, **crianças** e **senso de humor**, são exatamente os **beijos**.
– Pfft! – cospe ela por entre os dentes cada vez que alguém pronuncia essa palavra. Equivocam-se os que pensam que a Fada Má se enfureceu por não ter sido convidada para o batizado da filha do rei. O que a Fada Má não conseguiu suportar não foi o menosprezo e sim a ideia de tantos beijos juntos.
Por isso, no dia do batizado apresentou-se no palácio, esperou que aquelas fadas balofas terminassem a sua série de beijos petulantes e bradou a **maldição** pela qual todos a conhecem.

CINCO CONSELHOS PARA SER A MELHOR FADA MÁ

a) Fingir que nada importa.
b) Dizer "Maldição!" com certa frequência e entortando a boca, como se estivesse diante de algo desagradável.
c) Ter um corvo como mascote.
d) Cortar as unhas nos dias de Lua cheia, para crescerem fortes.
e) E o mais simples: dissolver um pedaço de asa de fada boa em um caldeirão com água onde 23 sapos tenham sonhado com princesas.

Lupita Verino tinha um poder raro: era capaz de transformar os beijos em buracos. Só utilizou esse poder duas vezes, uma para cada asa. Isso explica por que era a mais lenta e sempre estava cansada.

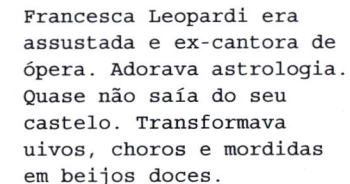

Francesca Leopardi era assustada e ex-cantora de ópera. Adorava astrologia. Quase não saía do seu castelo. Transformava uivos, choros e mordidas em beijos doces.

O dom da fada mais nova, Valeria Moretti, era incômodo: ela transformava um beijo em dez espirros. Não gostava de usar seu dom, mas ele a ajudava a levantar voo.

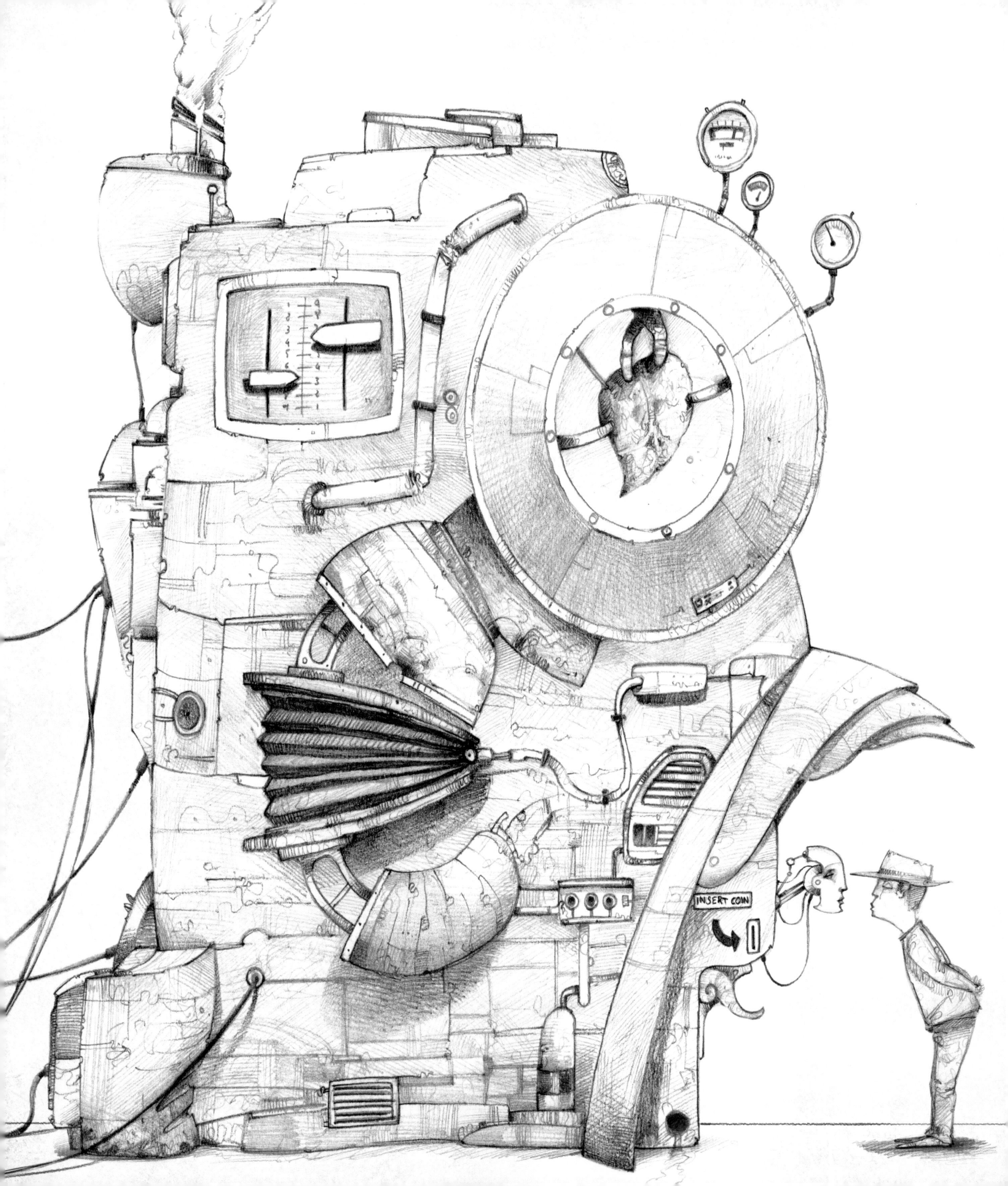

A INCRÍVEL MÁQUINA VENDEDORA DE BEIJOS

Acordou com uma necessidade urgente de ganhar um beijo
na bochecha justamente quando não há ninguém ao seu lado?
Teve um dia ruim no trabalho ou na escola e precisa restabelecer um pouco da sua autoestima?
É invadido repentinamente por um vazio no peito e não tem um beijo para levar à boca?
Então você está com sorte, porque lhe apresentamos

A INCRÍVEL MÁQUINA VENDEDORA DE BEIJOS.

Seu funcionamento é simples: um coração enorme bombeia como um êmbolo doses regulares de afeto, de acordo com as suas necessidades. Um sistema de microssensores se encarrega de personalizar o beijo adequado enquanto sete válvulas absorventes retiram todas as moléculas de más vibrações.

Considerando que um beijo possui efeito medicinal, é preciso ler atentamente a seguinte bula:

▷ Você deve receitar o beijo a si mesmo, não a outras pessoas. Poderia prejudicá-las, mesmo que os sintomas sejam iguais aos seus.
▷ Cada beijo contém um princípio ativo semelhante ao bem-estar, que atua sobre o sistema nervoso central.
▷ Os beijos da máquina são receitados para a supressão dos sintomas gerados pela ansiedade, pela agitação e por solidão excessiva: faces desoladas, corações esgotados ou amor-próprio em apuros.
▷ Não use a máquina vendedora de beijos se tiver alguma alergia ou reação excessiva a beijos, se pretende provocar ciúmes ou se tem tendência ao vício.

▷ Não se deve exceder a dose máxima.
▷ De forma geral, a duração total do tratamento não deve superar os vinte segundos, incluindo a retirada gradual do mesmo.
▷ Ainda que a maioria dos pacientes tolere bem o beijo, há quem fique ainda mais triste. Em alguns casos pode acontecer uma leve sensação de fraude, mas é normal: um beijo artificial nunca será igual a um de verdade.
▷ Se for observada qualquer reação não descrita nesta bula, não se consulte com ninguém; apenas feche os olhos e conte até dez.
▷ Para evitar filas quilométricas recomenda-se não utilizar a máquina no domingo à tarde, quando ela é tão procurada como os cinemas.

O beijo mais barulhento da história dos beijos

Aconteceu em um cinema onde estava sendo projetado um filme dinamarquês em versão original, com legendas. Não se ouvia sequer uma respiração. Lá, era malvisto comer pipoca. Mesmo assim, C.A.P. e A.M.M. fizeram pouco caso da concentração dos espectadores e trocaram um beijo muito barulhento, de 96 decibéis. Isso provocou lesões nos tímpanos de dez pessoas e indignação em quase todas. Nas declarações judiciais uma pequena parte dos espectadores afirmou que o beijo foi muito mais empolgante que o filme.

O beijo mais curto da história dos beijos

Foi uma mera coincidência. Sim, de dois lábios, é claro.

O BEIJO MAIS LONGO DA HISTÓRIA DE TODOS OS BEIJOS

Extraído de um artigo encontrado nos arquivos da Biblioteca Geral de Paris.
É assinado pelo antropólogo, aventureiro e especialista em beijos Frank Casmodia.

Tudo começou em 17 de maio de 1888. Nesse dia o sol nasceu às 6h34 e o tempo foi instável como um estado de espírito: choveu e fez sol ao mesmo tempo. Ninguém soube dizer com exatidão a que horas esses dois jovens, de iniciais K. v. S. K. (ela) e D. A. P. (ele), deram início ao beijo. Há quem garanta que foi à noite, sob a luz de um poste perto do café onde estavam; outros afirmam que havia amanhecido. O beijo se prolongou por dez meses, doze dias e muitas horas. Eles ignoraram os rigores meteorológicos, o olhar fixo do gato, os cronômetros e os aplausos das pessoas, que os incentivavam como se fosse uma competição esportiva. Com certeza o seu café esfriou. O mundo continuava girando, sem sua participação, e era maravilhoso. Não pareciam se importar em estar aparecendo nos jornais, nem com o fato de alguns de seus familiares levarem as mãos à cabeça, indignados. Nada disso os deteve. Pelo visto nada poderia deter aquele beijo. Para as perguntas: Tiveram câimbras? Casaram-se? Tratava-se de uma aposta? Igualaram seu recorde depois, na intimidade? A resposta é sempre a mesma: não há registros. Eles não apareceram no Guinness, o livro dos recordes, cuja primeira edição foi em 1951.

O beijo mais circense

Em 1972, no famoso circo Ceronetti, dois jovens se beijaram no ar. Enamoraram-se assim que se conheceram; ela era trapezista, ele também. Não confessaram seu amor um ao outro por medo de serem rejeitados. Mas uma noite, no número que haviam ensaiado tanto… o destino lhes pregou uma peça. Eles deveriam se cruzar no ar, mas, em um movimento gracioso, seguraram um no outro e se beijaram. Ficaram suspensos por um instante lá em cima e depois caíram. "Oh!", exclamou o público, antes de irromper em aplausos. Por sorte o circo Ceronetti foi pioneiro no uso de redes.

O beijo continua

Há cerca de dez meses, dois jovens escandalizaram muitos transeuntes parisienses e monopolizaram a atenção da sociedade nas publicações de toda a França porque o seu beijo parecia não acabar nunca. Hoje, 29 de março de 1889, a notícia em destaque é que eles continuam se beijando. Enquanto isso, a construção da Torre Eiffel está quase terminada, preparada para dar as boas-vindas a outra Exposição Internacional no dia 6 de maio.

Desejosa de saber como era um beijo de pirata, a sereia escreveu um bilhete desesperado, pegou uma garrafa de vidro e o colocou dentro. Antes de lançá-la com força no mar, fechou-a com uma rolha que havia beijado. (Se quer saber o que diz a mensagem, veja a última história do livro.)

Beijos com gosto de sal

Não vou negar: ser sereia tem seu charme.
Você fica linda deitada nas pedras,
nada com agilidade e não há campeonato de apneia que lhe faça frente.
Despista os surfistas,
        confunde os pescadores
                e seduz os piratas.
E por mais que se fique debaixo da água,
da cintura para baixo a sua pele não enruga (é a vantagem das escamas!).

    Está bem, tudo isso é muito bom,
mas ser sereia tem sobretudo inconvenientes:
Esqueça-se das calças justas
e também da maquiagem e da dança em estilo *moonwalk*,
e mesmo que você possa beijar tartarugas, pargos
e cavalos-marinhos,
despeça-se dos beijos de verdade.

Somos terrivelmente perigosas,
pois o nosso canto é sempre hipnótico,
uma tentação à espreita.
Parece que o melhor é nos contemplar de longe,
a pelo menos cem metros de distância,
pois de perto tanta beleza é claramente insuportável.

Sereia 1: Como será o beijo do surfista?
Sereia 2: Como será o beijo do pescador? E o do intrépido nadador?
Sereia 3: Qual será o gosto dos beijos do pirata?

Coro de sereias: Não sabemos, só sabemos
                que os nossos beijos
                    têm gosto de sal.

O que os beijos de sereia têm em comum com as lágrimas?
Para descobrir, em vez de enxugar a lágrima com as costas da mão quando chorar, deixe que ela deslize pela bochecha até o cantinho dos lábios. Então, basta aproximar timidamente a ponta da língua, ter um pouco de pena de si mesmo e comprovar que as lágrimas, assim como os beijos de sereia, têm gosto de sal.

Breve tratado sobre formas...

Existem formas e formas de se pedir um beijo; ao todo, 618.239.

A variante do sussurro e das luzes apagadas parece ser a mais frequente.

Há quem opte por uma luz ambiente

e quem prefira as manhãs de verão.

Outros são apanhados pela chuva na rua, já de noite,

e não é possível saber se estão chorando ou apenas com o rosto molhado,

se estão rindo ou somente aborrecidos com a chuva.

Há quem se deixe levar pelo coração

e quem trame uma estratégia com todo o cuidado:

o primeiro funciona bem melhor.

Existem muitos outros tipos:

os que pedem um beijo como quem joga um dado e cruza os dedos

para ver se tem sorte. Já outros tentam no cinema,

...DE PEDIR UM BEIJO

no meio do filme, e há quem se ajoelhe
e pareça um pouco ridículo.
Há também os que pedem um beijo
com um meio-sorriso, como se o beijo fosse o final de uma piada,
e há quem prefira fazer aquela cara de cordeiro degolado.
Não são poucos os que ficam ansiosos demais
e, é claro, em geral a ansiedade gera repulsa.
Os resultados das pesquisas divergem em muitos aspectos:
lugar, hora, iluminação, vestimenta, perfume ou trilha sonora
que compõem o cenário do pedido.
Mas há um ponto singular em que as estatísticas convergem:
quanto menos ruído se faça ao pedir um beijo,
maiores são as possibilidades de que o pedido seja atendido.

Laura von Schultzendorff,
catedrática em Teoria do Beijo

"Meus lábios, peregrinos ruborizados, quiseram fazer penitência com um beijo doce." Beijar ou não beijar, eis a questão.

O outro final de Romeu e Julieta

Julieta e Romeu conseguiram enganar a todos. Como?
Representaram seu próprio envenenamento.
"E lábios, portas do respirar,
selem com um beijo um trato eterno com a Morte voraz!", disse Romeu.
E para que tanto teatro? Para que suas famílias, os Capuleto e os Montecchio,
inimigos tão antigos como a raiva,
parassem de brigar em nome do amor que ambos sentiam.
Quem teria direito a proibir seus beijos se seu amor era sincero e
não prejudicava ninguém?
Por isso eles inventaram um final alternativo:
o beijo que supostamente continha veneno na verdade tinha
suco de lúcuma com suspiros e estava DELICIOSO!
Quando todos foram despistados,
Julieta e Romeu saíram dali em busca de um cenário menos trágico para seu amor.
Desde então vivem felizes em outro continente,
rodeados de palmeiras, a cem metros de uma linda enseada,
diante de um mar azul-turquesa,
onde ainda não há quiosques nem espreguiçadeiras.
Ao entardecer costumam subir na colina
e dali contemplar o horizonte,
pequeninos e abraçados.

Curiosamente os Capuleto e os Montecchio, muito tristes com o desaparecimento de Romeu e Julieta, pararam de brigar. É mais fácil fazer as pazes quando estamos tristes do que quando estamos bravos.

O final alternativo de Romeu e Julieta
é apenas um exemplo de como às
vezes os finais podem ser mudados,
principalmente quando não agradam.

Querida Bela Adormecida:
Aqui continuamos bem, felizes e anônimos. Não precisamos de muita coisa. De manhã Julieta pinta paisagens. Eu só escrevo; basta-me deixar os dias passarem. De tarde gostamos de apreciar o pôr do sol. Você devia vê-la. As fotografias não lhe fazem justiça. Beijos

Biografia do Ladrão de Beijos

Nascido no ano 43 a.C., assim como o poeta Ovídio, ele começou estudos de muitas coisas, mas não terminou nenhum. Devido a uma vigília e um figo estragado, seu corpo se transformou de uma forma nem um pouco favorecedora, o que o tornou ainda mais rancoroso. Foi então, aos 23 anos de idade, que começou a roubar beijos. Até hoje já roubou mais de cinquenta milhões, convertendo-se no Ladrão de Beijos mais famoso da história. Atualmente reside na fossa.

Conta-se que um belo dia a Fada Má, antes de ser má, entrou em uma padaria lotada, pigarreou um pouco e disse, sorridente:
– Bom dia.
Ninguém na padaria respondeu. Ela esperou alguns segundos e disse:
– Maldição.
Então todos se viraram. E olhando um por um, padeiro e clientes, ela concluiu:
– Eu ofereci a escolha entre um bom dia e uma maldição. Vocês escolheram a maldição.

A fossa de beijos

Para chegar à fossa de beijos
é
preciso
cavar
a terra,
descer
até as
profundezas
mais
escuras.

Corvo

O corvo levanta voo e é como se uma bandeira negra ondulasse. Parado nos galhos mais altos das árvores, o corvo espera com paciência, e olha, e aponta com o bico aquela que será sua nova presa. Um beijo esquecido que vê e que leva para a fossa.

Por que a fossa cheira a mil demônios?

A culpa é dessas erupções malcheirosas
que borbulham no pântano;
a reação química produzida pela baba das sanguessugas
quando entra em contato com os beijos que nunca foram dados.

O Ladrão de Beijos administra a fossa:

recolhe todos esses beijos
em lábios brilhantes e vermelhos como morangos
e os joga no barro sujo.
Se alguém aproxima o ouvido desse pântano
consegue escutar as histórias dos beijos nunca dados.
Aviso: se alguém quiser visitar a fossa
é recomendável tapar o nariz
com um prendedor de madeira.

Proibido nadar

A última pessoa que nadou na fossa pagou caro: mesmo esfregando a pele com força e muito sabonete, não conseguiu se livrar do mau cheiro – e com isso todos evitavam chegar perto. Nunca mais voltou a beijar alguém. Um dia, desconsolada, foi até ali e cravou a placa PROIBIDO NADAR.

Ele pode beijar quem quiser e quando quiser.
Por isso o **beijo do homem invisível** é invejado pela maioria dos super-heróis.

Beijos com superpoderes

Assim como é sabido que a criptonita não afeta os beijos do Super-homem, também se sabe que os beijos têm sua própria criptonita: o ciúme, os gritos e a baba.

É muita responsabilidade ser super-herói,
cortar os céus para resgatar um cãozinho de madame em apuros,
ou livrar a Terra das forças do Mal sem se despentear.
Quando chega ao lugar da ação,
o Super-homem já está trocado e costuma parar
com os punhos apoiados nos quadris.
Em geral o Super-homem troca sua roupa normal pela de SUPER-HERÓI
na cabine telefônica onde agora mesmo
está beijando Lois Lane; ele está um pouquinho despenteado,
mas com a capa no lugar, sempre.
O Super-homem é forte porque todo mundo espera que ele seja.
Então ele é. No momento em que ele beija se sente como todo mundo:
bem, muito bem.[1]
Graças à cabine eles passam despercebidos.
E podem se beijar sem que ninguém – ou quase ninguém – os veja.
Nem todo mundo pode ser SUPER-HERÓI,
mas todo mundo pode, sim,
dar beijos como os de um SUPER-HERÓI.
Basta que esses beijos tenham SUPERPODERES

como fazer o outro ruborizar,
fazê-lo sorrir
ou parar o tempo.

Sem que nada mais importe.

[1] Pronunciar "bem, muito bem" na entonação "Bond, James Bond".

Era uma vez…
… um super-herói meio tristonho que foi salvo por uma mocinha de olhos claros e cabelos loiros. E de quebra resolveu uma de suas perguntas recorrentes: Quem salva os super-heróis quando eles precisam?

"Por que o Cupido faz isso comigo?", perguntou-se um tímido.

O beijo tímido

Pertencente à família dos Afetuosos, o Beijo Tímido é considerado a *avis rara* dessa família, pela singularidade de seus efeitos: rubor, secura da boca, tontura e sensação de transtorno generalizado.
Não precisa de terras primorosas nem de um clima especialmente raro para subsistir; assim sendo, o habitat do Beijo Tímido é o mais diverso e circunstancial:

ele já foi visto em elevadores e escadas, em poltronas de cinema, em salas de aula vazias, com a porta fechada, em bancos de parque e pátios de escola, em algumas ruas semidesertas e uma vez, no meio da tarde, na saída de um supermercado.

Ele se caracteriza pelo desajuste horário: além de chegar tarde, é dado abruptamente.
Os mais renomados catedráticos da Teoria do Beijo afirmam que também é o tipo de beijo que o super-herói dá quando está vestido normalmente.

Os tímidos costumam dar fim à sua indecisão com o beijo margarida, o que significa: beijo, não beijo, beijo, não beijo. Há estudos que demonstram que as margaridas escolhidas pelos tímidos sempre têm um número par de pétalas, ou seja: NÃO BEIJAM.

Comprovada a ineficácia da teoria, só resta o consolo da prática.

O BEIJO PERFEITO

Há duas coisas em que os catedráticos em Teoria do Beijo parecem não entrar em acordo: uma é se Coca-Cola é melhor que Pepsi; a outra é o beijo perfeito: ele realmente existe? Caso exista, em que consiste e do que depende? Uma corrente afirma que o beijo perfeito é uma mera combinação de vários fatores (atmosfera, genética, personalidade, traços físicos...), ao passo que outra, mais supersticiosa, garante que depende da compatibilidade entre signos zodiacais, incluindo os ascendentes. Por outro lado, um amplo grupo de especialistas insiste em afirmar que o beijo perfeito é como o monstro do Lago Ness: o fato de se falar nele não significa que ele exista. É precisamente esse terceiro grupo que coloca em dúvida os relatos de algumas pessoas que garantem tê-lo experimentado na própria pele. E para sustentar sua teoria eles acrescentam que "se o beijo perfeito existisse, deixaria quem o provasse mudo".

Ambientação do beijo

1. Na chuva

2. No elevador

3. Ao amanhecer

4. No cinema

5. Na Lua

6. Debaixo d'água

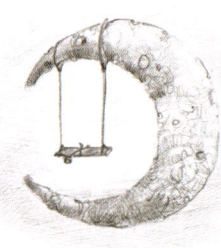

7. No carro

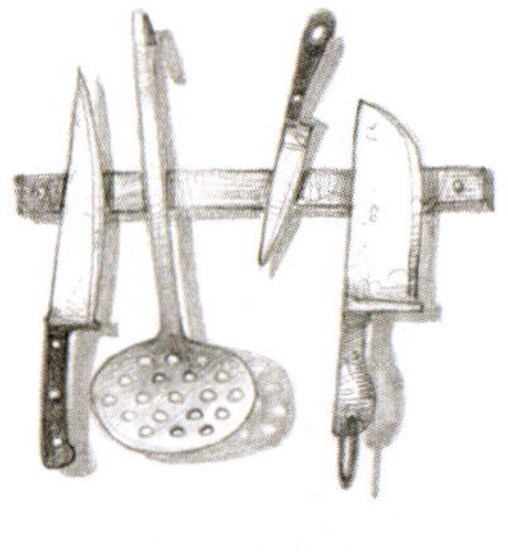

8. Na cozinha

9. Nos balanços

Está bem: às vezes é difícil distinguir um beijo de uma mordidinha.

O beijo dos crocodilos

Por que não podemos confiar nos crocodilos?
Porque eles podem estar quietinhos e de repente se mover muito rápido, o que alimenta a suspeita de que não dormem e sim fingem dormir.

Não é preciso temê-los.
Segundo dizem, para que um crocodilo não te veja,
basta ficar bem em frente a ele.
Talvez o Capitão Gancho tenha se salvado por saber disso.
Os crocodilos têm os olhos virados para os lados,
por isso costumam atacar virando o corpo

bem para a esquerda bem para a direita.

Seguindo essas premissas, os biólogos mais sensíveis chegaram à conclusão
de que os crocodilos nunca se apaixonam de frente,

sempre de soslaio.

As complicações começam quando um crocodilo tem que dar um beijo para
1: selar uma amizade.
2: declarar seu amor (incondicional ou não)
3: pedir desculpas por uma mordidinha equivocada.

Há apenas seis gravações em que é possível observar dois crocodilos
beijando-se de lado.
Quanto ao beijo de frente entre crocodilos,
não existe uma única fotografia, nenhum boato,
nem sequer um relato em uma lenda amazônica.
Entretanto, é muito mais fácil imaginar dois crocodilos se beijando assim:

de frente e às cegas,

como as pessoas costumam fazer.

O beijo camaleão: assim chamado por seu caráter mutante. Pode passar de vermelho a azul, da euforia ao aborrecimento em um instante. E devorar uma mosca em apenas três milésimos (de segundo). E eles não são vesgos; apenas têm olhos autônomos.

O beijo escrito

Às vezes aparece nas sextilhas,
em outras escolhe os romances ou os sonetos,
depende do dia.
Cyrano é a resignação personificada:
sabe que um beijo não é o mesmo que escrever sobre um beijo,
mas é o que se tem pelo momento.
Como uma mulher tão bonita como Roxane
se apaixonaria por um homem cujo nariz chega aos lugares
quinze minutos antes dele?
Cyrano consome litros de tinta, centenas de velas, milhares de horas
procurando o beijo de Roxane nos poemas.
Por enquanto, a conclusão a que chegou foi:
não há palavras capazes de capturar a beleza de Roxane,
nem os seus lábios, nem o movimento desses lábios quando beijam.
Apesar de tudo, ele continua tentando:
escrever não é estar perto de Roxane
mas é como se estivesse com alguém.
Quando termina as cartas, ele as sela com lacre vermelho e muito cuidado.

"O que você quer que eu faça, ó Roxane, minha amada – perguntava-se às vezes Cyrano –,
Negar que meu nariz é grande, que meus espirros mais parecem furacões?
Não, obrigado.
Submeter-me a uma cirurgia?
Não, obrigado.
Parar de escrever para a pessoa que mais amo
e pedir a outra um beijo de esmola?
NÃO, OBRIGADO!
NÃO, OBRIGADO!
NÃO, OBRIGADO!"

Dirigirei a noite inteira para comprar sapatos para você.

O beijo em uma música

Clarence era grande como uma montanha e acolhedor como uma casa.
Porém, mais que uma casa,
Clarence era como um lar.

Um lar onde sempre soava uma melodia:
nos dias alegres, um rock agitava os alto-falantes;
nas noites solitárias soava um blues que parecia um lamento
contando a história de um beijo que nunca fora dado.

Um belo dia
Clarence decidiu que sua música não podia ficar presa.
Então começou a soprar e soprar seu sax
para conseguir as melhores melodias;
algumas ficavam suspensas no ar
outras alcançavam os ouvidos mais sensíveis.

Seu talento era tanto que foi contratado por uma banda.
A melhor banda de rock possível.

As músicas eram como uma estrada:
bastava seguir por ela, não era preciso pensar muito no final:
se a música é boa, ele dizia**, é como dar um beijo,**
o tempo desaparece dos relógios,
a música continua soando.

Você sabe que dirigirei a noite inteira só para
comprar sapatos para você.
E saborear a sua ternura.
E me perder em seu abraço.
E acordar ao seu lado.
Não importa o vento, a chuva, a neve.
O vento, a chuva, a neve.

Sentou-se em silêncio, escutando tudo; depois ergueu a taça, sorriu e nos disse: "Isto poderia ser o início de algo grande".

O JOGO

1. Tudo começa aqui.
2.
8.
9.
10.
11.
12.
23.
24.
25.
26.
27.
28. Tudo acaba aqui.

Aprenda a jogar o Jogo dos Beijos – se é que ainda não sabe.

3. O caramujo onde a sereiazinha guardava um beijo. É hora de retirá-lo: vá até a casa 8.

5. De sapo a sapo e agora eu escapo. Pule para a casa 11.

6. A última pétala da margarida diz NÃO. Fique uma rodada sem jogar.

9. Tinteiro vazio: Cyrano está com bloqueio criativo. Volte à casa 4.

11. Parabéns: pule até o sapo da casa 16.

DOS BEIJOS

12. O beijo deve ser cozido em fogo lento na panela da Madame Bechamel, então espere uma rodada.
13. Você caiu em uma fossa, volte para o começo.
15. Sabe o que tem dentro da caixa? Um beijo secreto. Avance quatro casas e fique na 19.
16. De sapo a sapo e agora eu escapo. Vá para a casa 25.
22. Bandeira pirata. O navio precisa ser consertado em uma linda ilha. Volte à casa 14.

O beijo esperado

A espera é parte integrante do beijo do reencontro.

Penélope

Há algo mais difícil que esperar?
Esperar faz com que os relógios se tornem enormes,
o tempo se arraste com esforço,
o ponteiro dos segundos pareça oxidado e bata muito devagar:

TIIIIIIIC
                      TAAAAAC
TIIIIIIIC
                      TAAAAAC
TIIIIIIIC
                      TAAAAAC

Mesmo assim, é preciso aprender a esperar,
como Penélope esperou por Ulisses quando ele foi para a Guerra de Troia.

Uma porta As portas separam dois espaços,
um quarto de um corredor,
separam a espera da chegada,
separam Penélope de Ulisses,
e Penélope de inúmeros pretendentes.
Como são os beijos que esperam do outro lado da porta?
E o que é melhor, ficar do lado de dentro ou de fora?[1]

Ulisses

Quantos anos ele demoraria para voltar?
Verões e outonos inteiros se passaram
e mesmo havendo quem garantisse que ele nunca voltaria,
Penélope esperou por Ulisses, pois o seu amor era firme
e transparente como um diamante.
Por muitos invernos e primaveras Penélope
teceu e desteceu para passar o tempo
e para enganar os inúmeros pretendentes
que se acumulavam atrás da porta.
Quanta falta ela sentia de Ulisses
e que beijo tão grande lhe daria quando o visse!
Mas pensando bem:
seria ela capaz de reconhecê-lo depois de tantos anos?
– Sim, com certeza – dizia baixinho consigo mesma.

[1] Não, aqui não existem respostas; são perguntas retóricas, aquelas que formulamos para nós mesmos e resultam em silêncio.

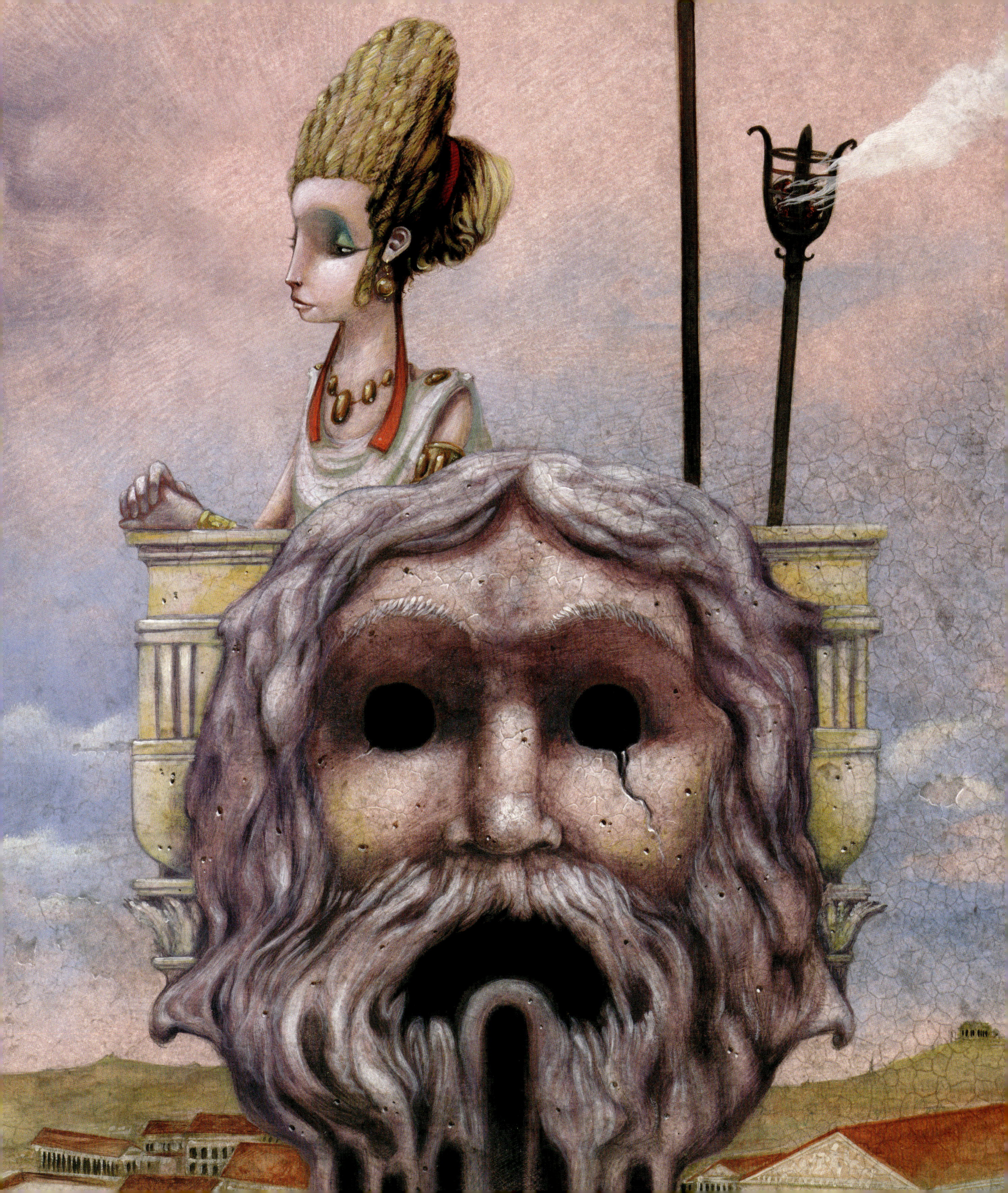

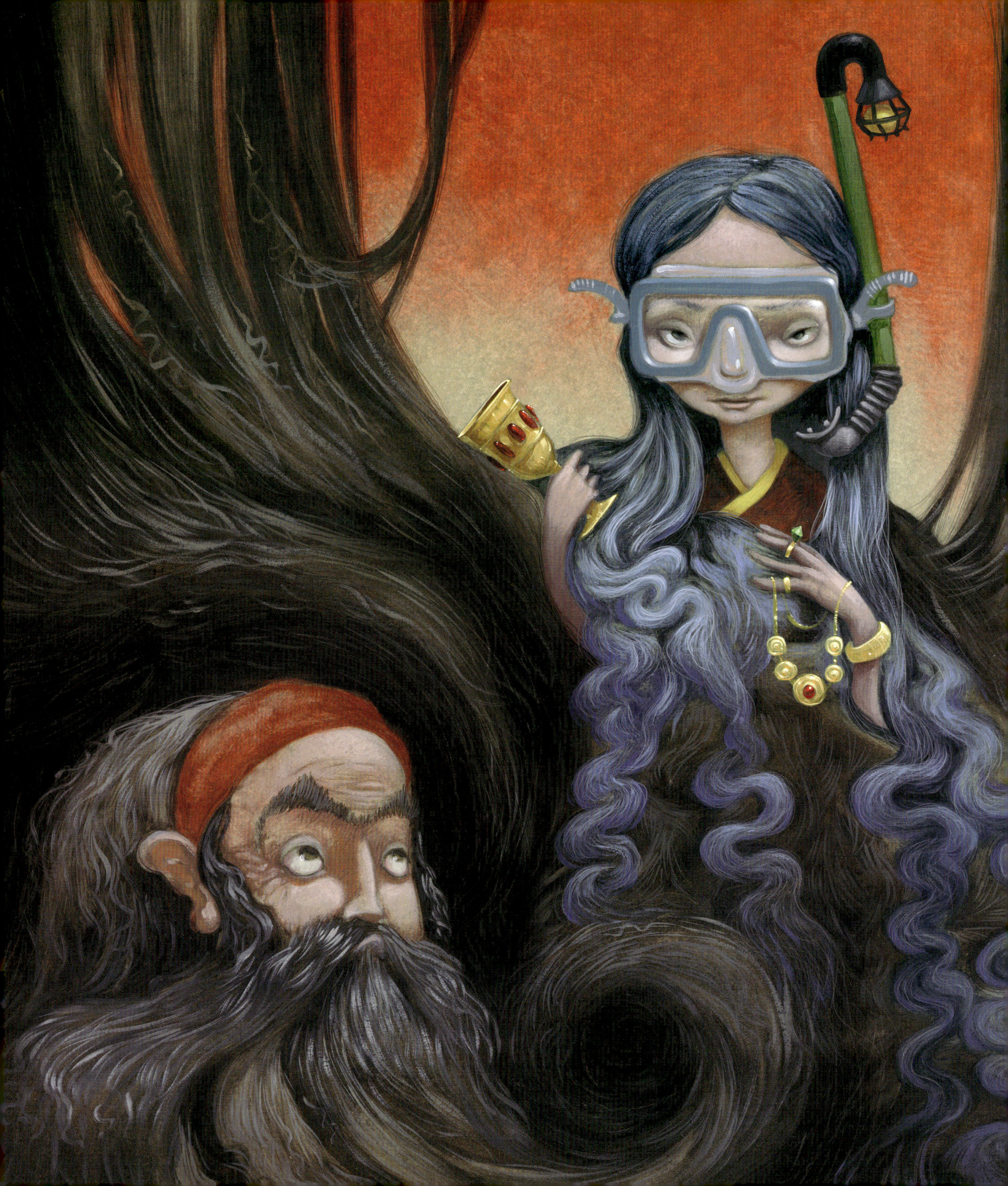

Uma cabeça que se inclina de reverência em reverência   *parece ser o modelo de educação que causa aversão a nós, piratas.*

Beijos de pirata

Como cozinheiro e capitão do navio *Abracadabra*,
o pirata Barbacerrada precisa tomar muitas decisões:
Onde fará a melhor pilhagem:
         na costa da Tunísia ou na ilha de Santa Helena?
O que preparará de sobremesa:
         brownie de chocolate ou bolinhos recheados de maçã?

Para combater a indecisão, Barbacerrada sempre faz a mesma coisa:
afunda a mão na barba abundante e se coça até
a decisão mais adequada tomar forma.
         Coçar a barba é para Barbacerrada o que mais se parece com pensar.
Foi isso que fez quando lhe perguntaram se preferia
que a sua perna de pau fosse de carvalho ou de baobá.

Alguns meses antes, em uma ilha linda e com um nome
impronunciável, Barbacerrada conhecera Lupita.

Lupita o agradou muito.   **Já Barbacerrada não agradou tanto a Lupita.**

Mesmo assim, com o passar dos dias, Lupita intuiu que por detrás da
barba de Barbacerrada se escondia um tesouro. E então lhe fez uma
proposta: – Se você quer que eu o beije – disse Lupita – terá de aparar essa
barba que esconde seus lábios. Não vê que sem isso é impossível?
Barbacerrada não precisou dizer nada, pois estava tão apaixonado por
Lupita que aparou a barba sem pensar duas vezes.
Seus companheiros de viagem, piratas como ele,
cochichavam nas suas costas:

– Como ele vai fazer agora quando estiver indeciso?

Se quiser ver a receita de bolinhos recheados de maçã à moda Barbacerrada, procure por Madame Bechamel.

Lições de

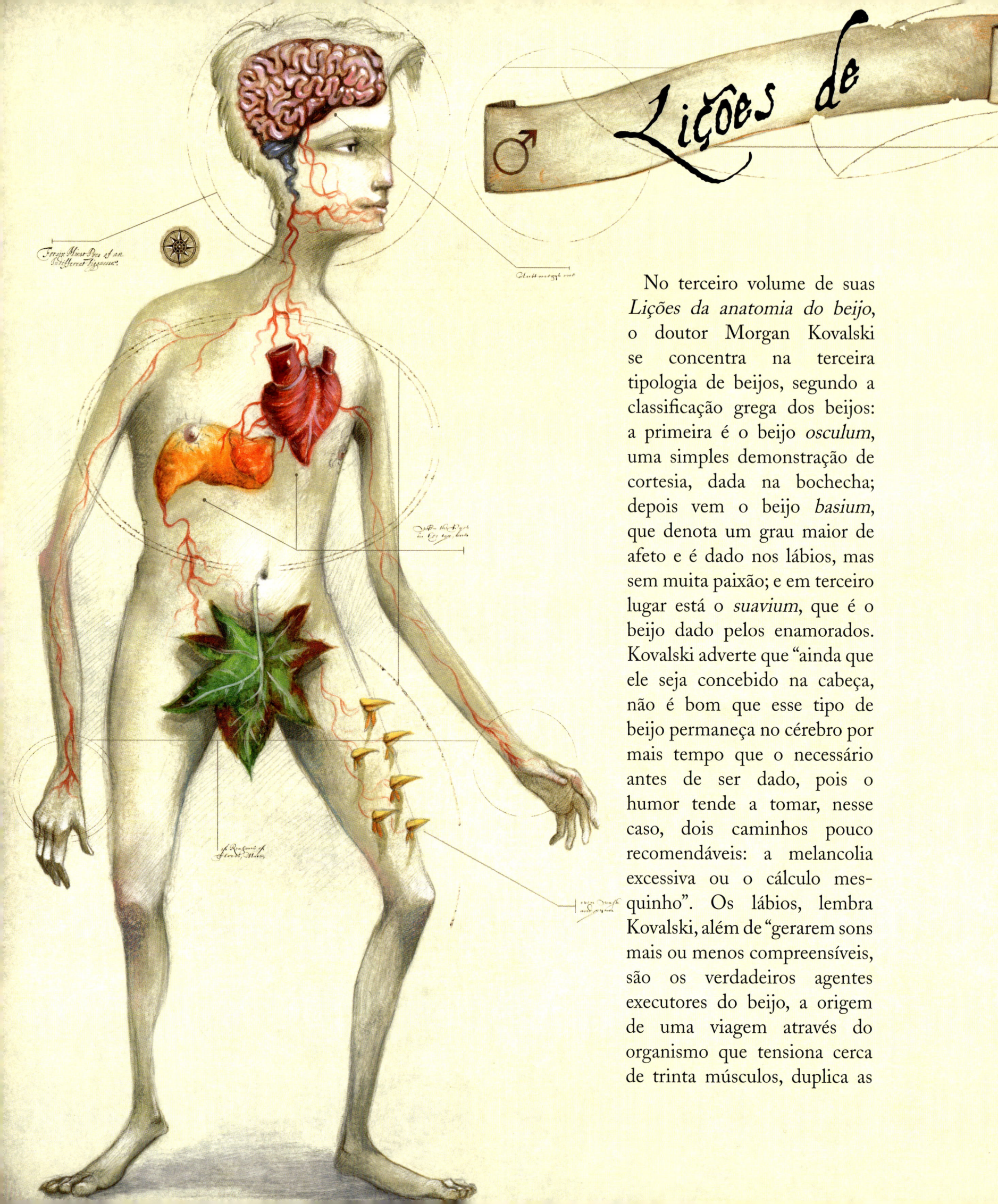

No terceiro volume de suas *Lições da anatomia do beijo*, o doutor Morgan Kovalski se concentra na terceira tipologia de beijos, segundo a classificação grega dos beijos: a primeira é o beijo *osculum*, uma simples demonstração de cortesia, dada na bochecha; depois vem o beijo *basium*, que denota um grau maior de afeto e é dado nos lábios, mas sem muita paixão; e em terceiro lugar está o *suavium*, que é o beijo dado pelos enamorados. Kovalski adverte que "ainda que ele seja concebido na cabeça, não é bom que esse tipo de beijo permaneça no cérebro por mais tempo que o necessário antes de ser dado, pois o humor tende a tomar, nesse caso, dois caminhos pouco recomendáveis: a melancolia excessiva ou o cálculo mesquinho". Os lábios, lembra Kovalski, além de "gerarem sons mais ou menos compreensíveis, são os verdadeiros agentes executores do beijo, a origem de uma viagem através do organismo que tensiona cerca de trinta músculos, duplica as

anatomia do beijo

pulsações do coração e aumenta a pressão sanguínea". Depois de se entreter em uma explicação antropológica sobre a evolução do beijo, Kovalski segue dando a descrição das reações que o ato de beijar provoca em nosso organismo: o coquetel químico que um beijo desencadeia (gera dopamina, libera estrogênio e testosterona; em suma, faz com que sintamos algo semelhante à alegria) acaba afetando também as pupilas, que se dilatam, assim como a respiração, que fica profunda. Na sequência, Kovalski se refere à "sensação de formigamento que invade o estômago e se ramifica através das terminações nervosas", ou seja: arrepios. A eles se segue um suspiro, ao suspiro, um rubor, e ao rubor, um incômodo tremor nos joelhos. "Se o equilíbrio parece precário e no momento se está de pé, basta se sentar." O terceiro volume das *Lições de anatomia do beijo* de Kovalski termina dizendo que os beijos costumam acabar no mesmo lugar onde tiveram origem: na mente; só que não em forma de desejo, e sim de recordação.

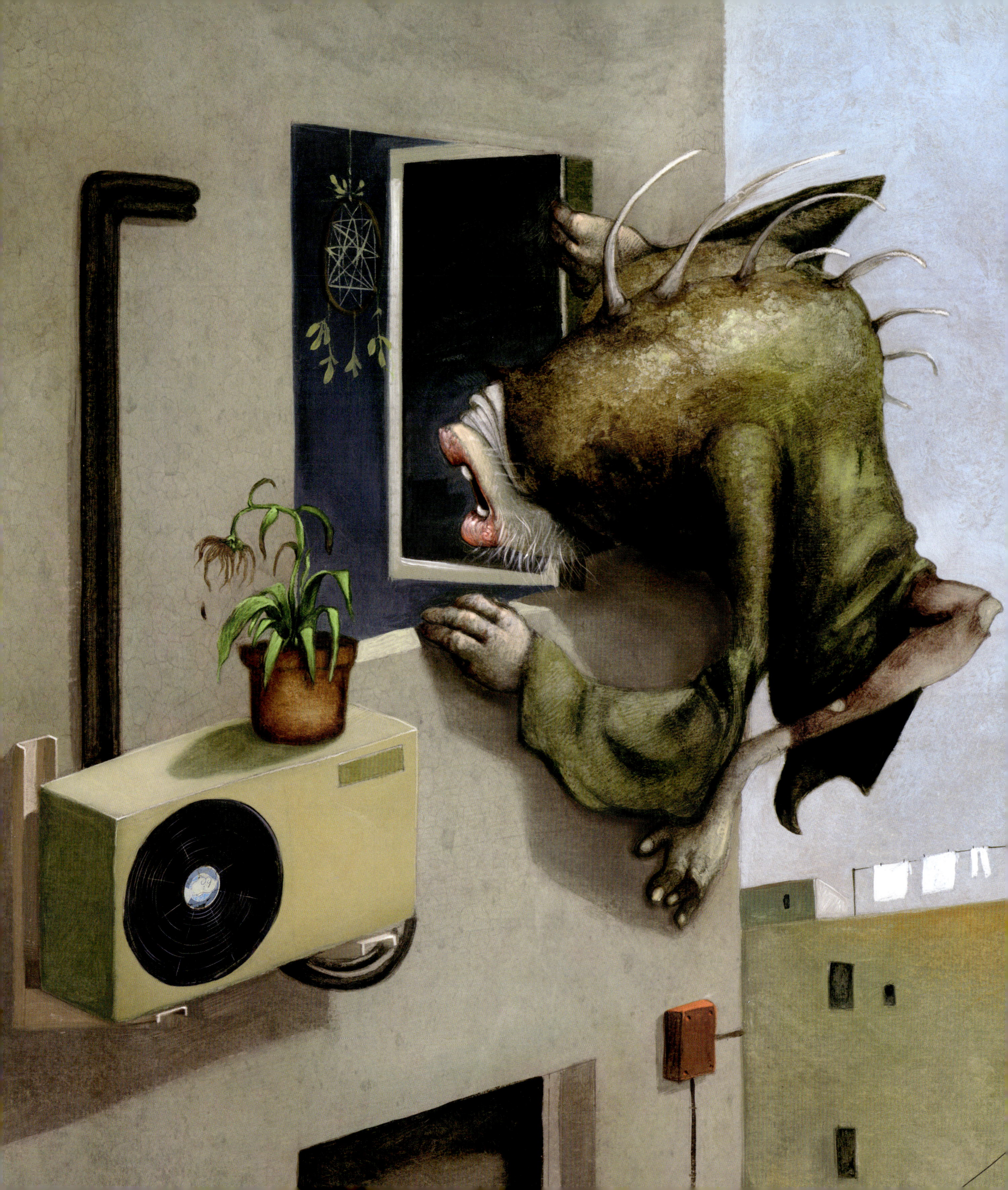

O antídoto secreto já não tão secreto: basta uma gargalhada e adeus Ladrão de Beijos

O Ladrão de Beijos

O Ladrão de Beijos causa medo, muito medo, todo medo do mundo.
Melhor dizendo: o Ladrão de Beijos não causa medo, causa PÂNICO.
Porque está certo que os monstros assustam um pouco,
mas são fracos diante dos antídotos:
por exemplo, eles têm cócegas
ou desaparecem com a primeira luz da manhã.
Quanto aos ogros e aos gigantes... Mas que ultrapassados!
Quem se assusta com um ogro hoje em dia?
Um gigante, então, sem comentários: completamente *out*!

Mas com o Ladrão de Beijos... poucas piadas:

O Ladrão de Beijos não escreve a lista de compras em uma folha,
ele a tatua.
O Ladrão de Beijos não rói as unhas,
ele as devora.
O Ladrão de Beijos não chora desde 1833,
foi a última vez que alguém riu dele.

Ao Ladrão de Beijos não interessa se é Lua cheia ou quarto crescente,
tampouco o que os horóscopos dizem.
E sempre chega sem avisar, o grande traidor.
Esgueira-se pelas frestas e janelas
e fareja nas casas; se vê uma menina muito triste,
ou se alguém repete "NÃO QUERO BEIJOS" três vezes,
ou coça o dedo mindinho do pé esquerdo
durante mais de três segundos,
ZAZ!, um beijo roubado.

Sequelas provocadas pelo Ladrão de Beijos:

A cor do seu cabelo pode mudar de uma hora para outra, passando,
por exemplo, de castanho para verde. Também foram observados
quadros gerais de tristeza ou mau humor, tendência a lamúrias,
pele áspera, semblante franzido e aborrecimento. No dia seguinte é
provável que se fique sem cereais matinais e se perca o ônibus.

Haikai
Beba do lábio
o beijo que lhe ofereço
como água fresca.

O Beijo delicado

A minha pele só tolera beijos com PH neutro

A primavera também se insinuava entre as pedras do palácio.
– Saúde – desejavam-lhe seus súditos.
O príncipe delicado sentia cócegas quando espirrava e isso fazia com que ele risse.
Se uma bolha de sabão estourava durante seu banho,
o príncipe sentia uma tristeza repentina.
Depois se animava
porque um último raio de luz entrava pela janela.
Limpo e perfumado, ele dormia e sonhava,
noite após noite, com a flor mais bonita que já havia visto.
Mas logo despertava
e a flor não existia mais. O príncipe lembrava do sonho e sorria.
Noite após noite,
ele sonhou com a flor e esperou.
Um ano depois, quando chegou a primavera, ele procurou a sua flor
pelos jardins do palácio, no meio do mato
dos bosques, procurou por todos os lados...
e quando estava quase desistindo,
encontrou-a. Era tão linda como em seus sonhos!
Que cores tão vivas! Que pétalas suaves!
E carnudas como lábios!
Mas logo tudo desmoronou,
pois o príncipe teve um problema:
cada vez que tentava chegar perto dela,
impregnar-se com seu aroma e tocá-la com os lábios,
um espirro o impedia.
Por isso guardou a flor em uma caixinha de cristal
que o protegia daquela terrível alergia,
que, como tantas outras coisas, era provocada
pela primavera.

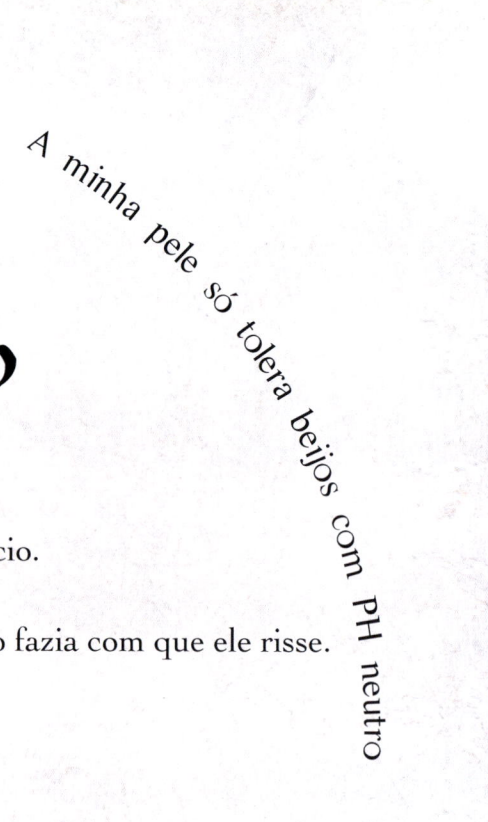

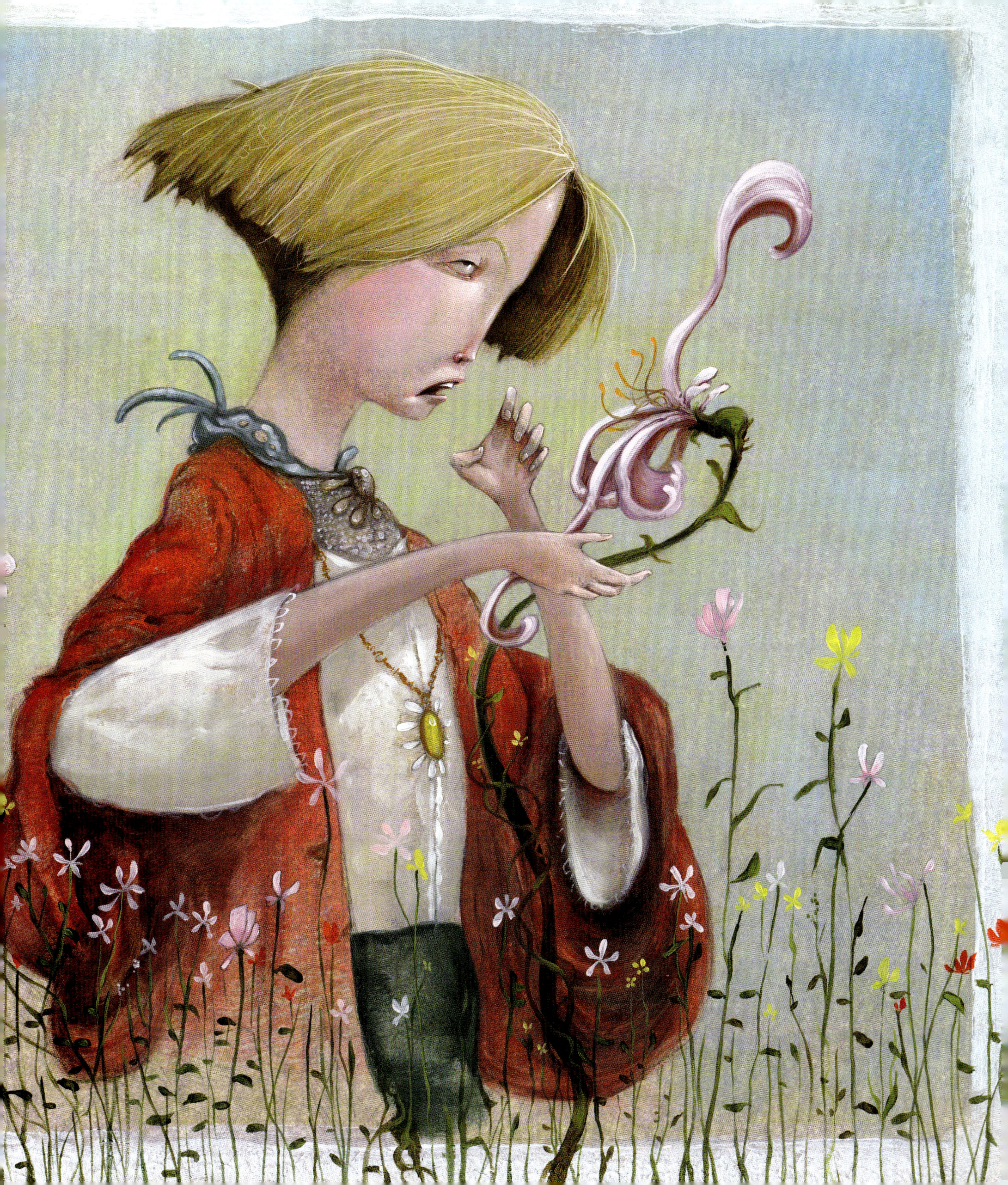

DO QUE FOGEM OS BEIJOS

Dos gritos e dos cronômetros,
do excesso de perfume ou maquiagem,
os beijos fogem das ordens e da impaciência,
das noites que de repente ficam tristes.
Às vezes eles se assustam com o alho,
como os vampiros, ou com a cebola;
com o medo se assustam quase sempre.
Os beijos fogem
das mentiras, da repetição exagerada,
desses dias em que tudo dá errado.
Ah!, e em contato com o ciúme,
os beijos se retraem como tentáculos de caracol.
Quando veem uma madrasta invejosa,
um cão rabugento ou um morcego vermelho,
os beijos se desvanecem,
deixando no ar um pozinho de borboletas.

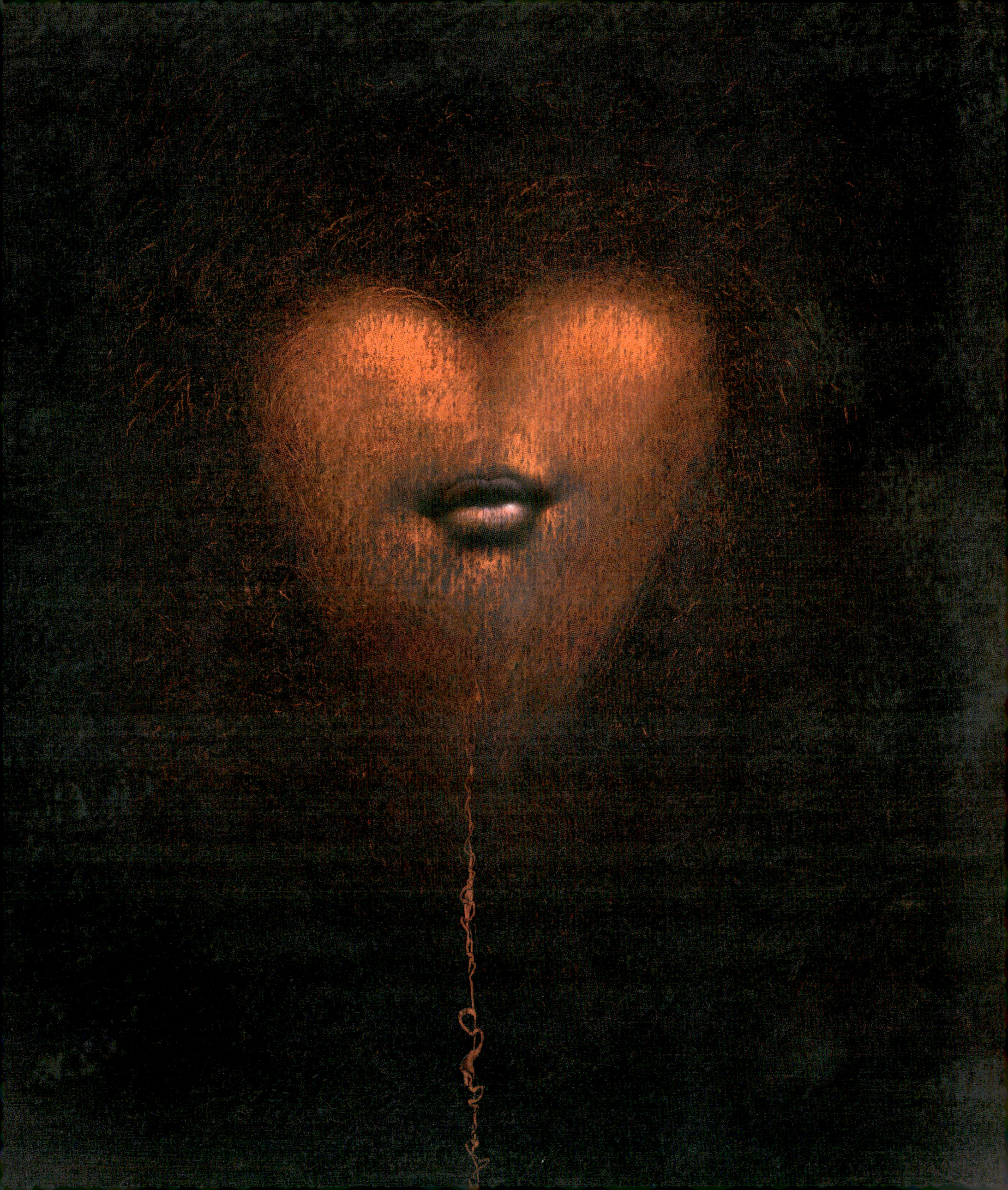

O beijo da costureira

Ele ia dizer que gostava dela.
Mas ela colocou o dedo indicador em seus lábios.
Ele não disse nada: só beijou aquele dedo
antes de ir embora para sempre.
Desde aquele dia ela protege esse beijo
com um dedal;
abriga-o do mundo exterior, de tudo o que toca:
da chuva, da comida, de seus fios, botões e tesouras,
porque ela é costureira,
remenda blusas e jaquetas,
confecciona lindos vestidos de festa.
Quilômetros de tecidos de todos os tipos:
Seda, caxemira...
A costureira pedala e pedala,
como se fosse de bicicleta de uma roupa para uma cortina,
de um caminho de mesa para uma colcha estampada.
Agora, por exemplo, está bordando
as iniciais de dona Emília em um lenço.
O melhor é que enquanto costura rasgos
e sonha que tece roupas de noiva
não sente tanta falta dele.

Quando era pequena a costureira guardava beijos na barra da saia da sua mãe. Quando estava alegre e brincalhona deixava-os ali, armazenados. E recorria a eles quando tinha medo ou vontade de dormir, quando alguma coisa lhe causava vergonha ou quando estava triste. Que bom seria se eles estivessem sempre ali!

Além de se manter por longos períodos de tempo em uma só pata, o *Phoenicopterus*, o flamingo, é conhecido pelo fato de a medida do seu bico se adaptar ao diâmetro das meadas de fio preferidas pela costureira. E também é uma boa companhia: nem sempre os trabalhos de costura conseguem abrandar a solidão.

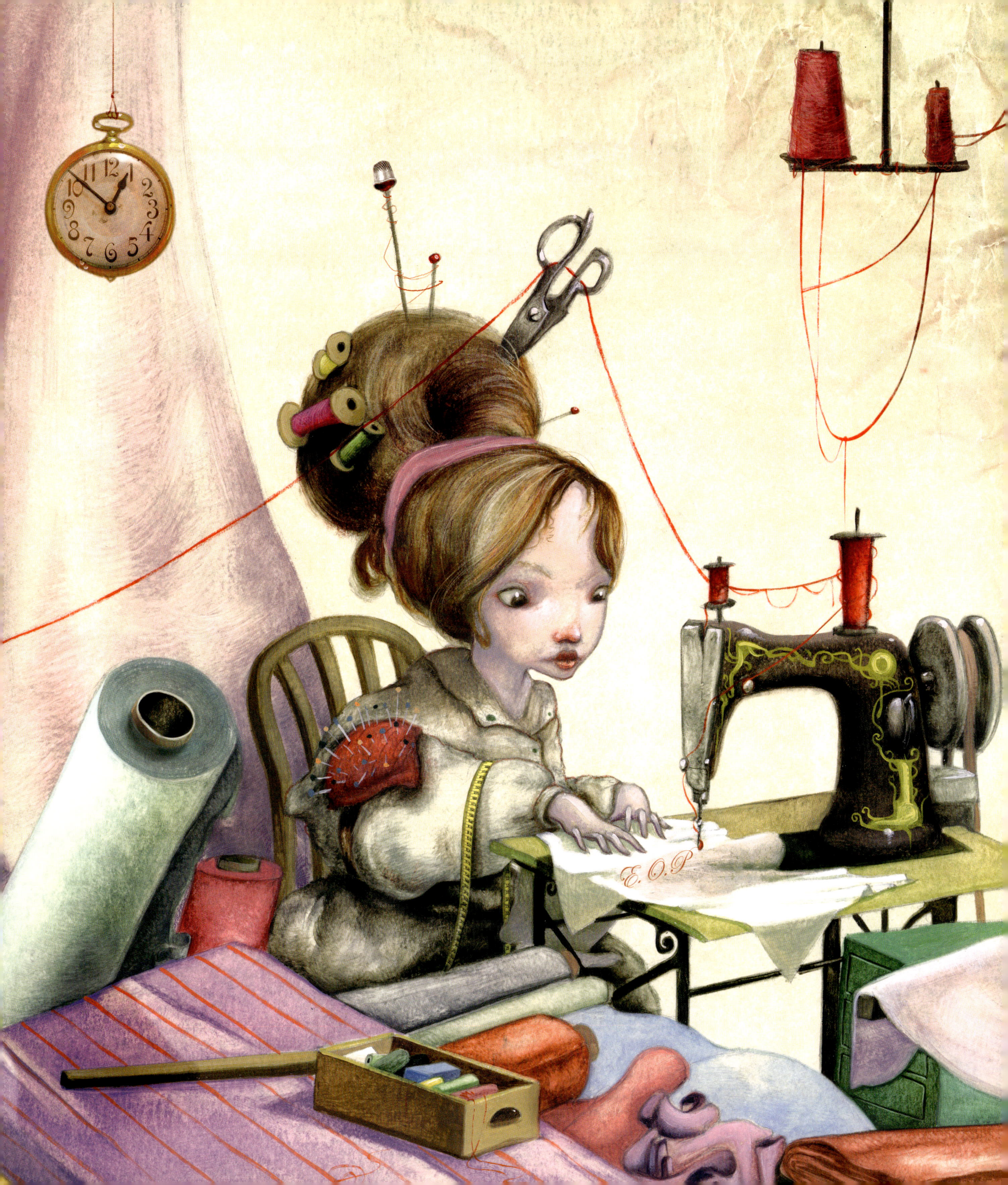
E. O. P

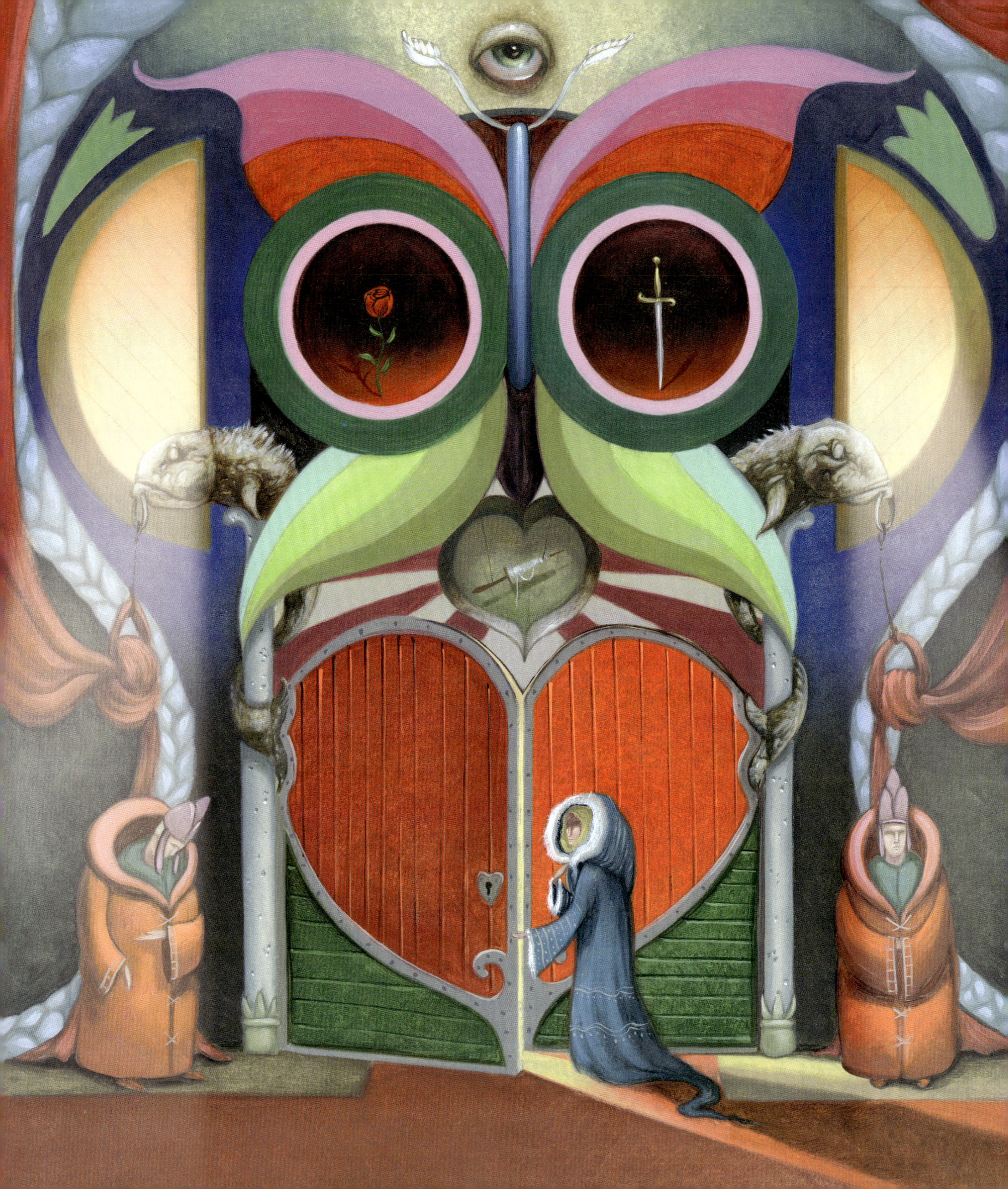

Como se chama a paciência dos sapos quando esperam por um beijo? Sapiência.

A BELA ADORMECIDA MUITAS PÁGINAS DEPOIS

Aos dezesseis anos você cairá em um sono eterno e só o beijo de um príncipe poderá desfazer o feitiço e despertá-la.

Foi mais ou menos isso que a Fada Má disse. Mas muitas páginas depois a princesa já não era princesa e sim rainha, e estava meio cansada de ser obrigada por seus vinte e três netos a repetir aquela história antiga. Quando acontecera ela era apenas um bebê, então não se lembra de nada. Sua memória desperta com o rosto do príncipe – que já não é mais príncipe e sim rei –, no dia em que a despertou, trazendo-a de volta à vida.

Desde então a princesa foi muito feliz, sobretudo graças a um hobby: com muita perícia e critério, tornou-se a maior colecionadora de beijos do reino. Usa dois dos três pavilhões do palácio para armazenar sua coleção adorada (com que seu marido nunca conseguiu se acostumar).[1] Sua última aquisição é nem mais nem menos que o beijo russo:
um beijo
dentro de um beijo
dentro de um beijo
dentro de um beijo.

Mas isso não interessa aos seus netos.

Outra história de princesa

Ela rompeu com seu prometido porque sonhava com outro tipo de príncipe.
O príncipe dos seus sonhos era tudo:
atraente, sensível, charmoso e hábil nas tarefas de casa.
Realmente parecia com os das histórias.
Às vezes pensava nele
e projetava um futuro perfeito.
De tanto ler o conto da princesa
que beijou um sapo e o transformou em príncipe,
ela teve uma ideia.
Se isso havia acontecido com a princesa,
por que não poderia acontecer com ela?
No dia seguinte, o palácio estava abarrotado
de sapos: a princesa começou a beijá-los,
com muita delicadeza, um a um.

[1] Veja mais adiante uma amostra da coleção de beijos da Bela Adormecida.

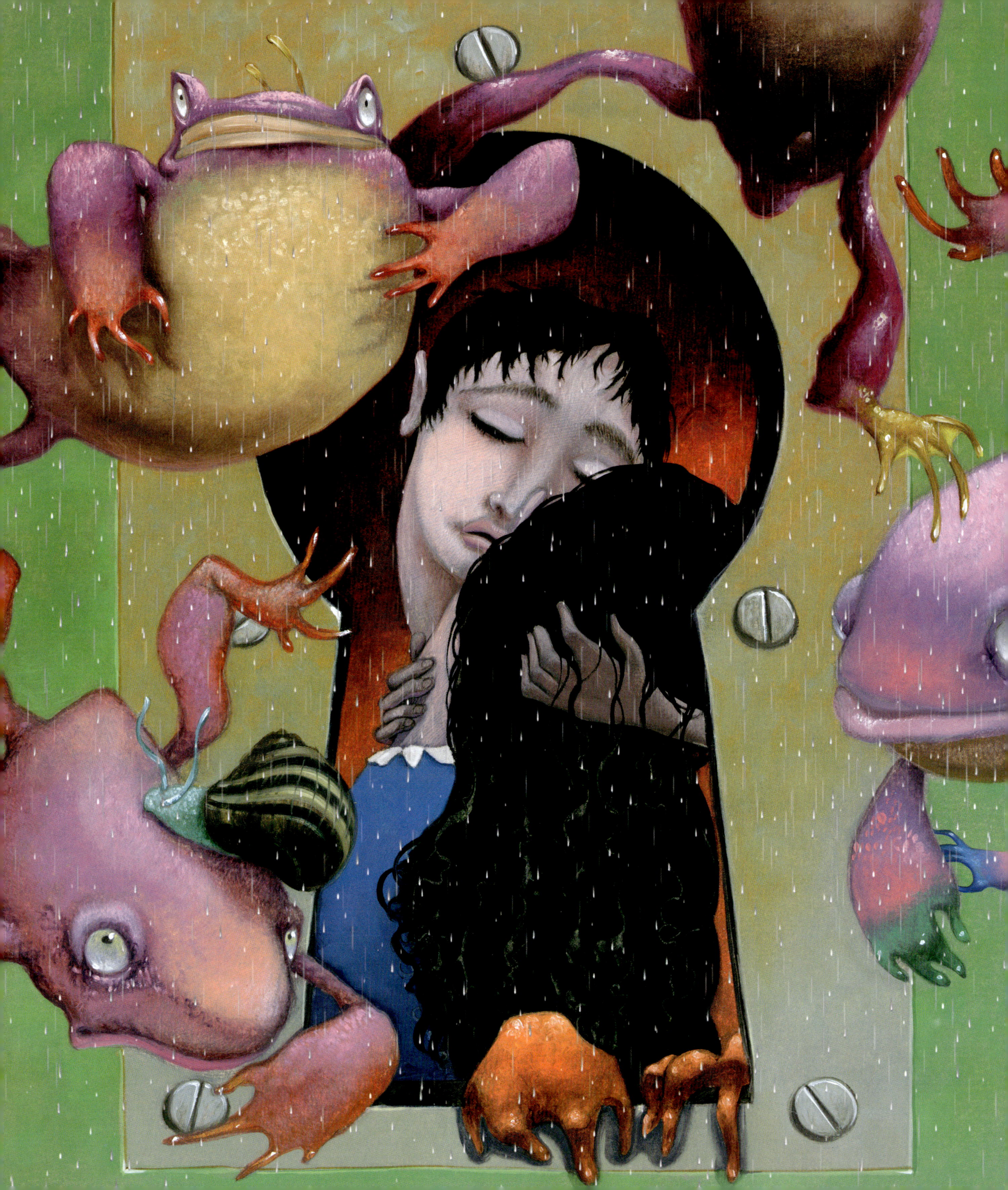

Escondi entre estas letras o meu beijo secreto. Só para você.

¹O beijo secreto

¹ Recomenda-se encarecidamente que este beijo seja lido em voz baixa, como quando se fala em um quarto escuro; assim, quase como um sussurro.

Mesmo que os beijos não tenham motivo para se esconder de nada nem de ninguém,
existe uma exceção: **o beijo secreto**.
Trata-se de um beijo que simplesmente ACONTECE,
quer dizer: no momento mais inesperado, de forma inevitável,
como se os lábios dos que se beijam tivessem sofrido um magnetismo.
Deveríamos escrever entre parênteses e pequenininho, assim:

(o beijo secreto)

Ele é precedido por um silêncio premonitório,
um segundo mágico,
e depois vem uma sensação de irrealidade.
Entretanto, retirar o beijo secreto de seu contexto,
revelá-lo ou até mesmo sonhar com ele
pode desencadear consequências terríveis, como:

– Uma chuva de sapos.
– Um furacão em um copo de leite.
– Portas se fechando sozinhas.
– Uma legião de morcegos entediados.

Por isso, é muitíssimo importante...

QUE ISSO NÃO SAIA DAQUI!

sobre pactos...

Lupita quebrou o pacto do beijo secreto. Ela contou à sua amiga número um que havia beijado o Capitão Gancho. A amiga número um contou à número dois, que por sua vez contou à amiga número três, que por sua vez era amiga de um amigo do Barbacerrada. O final do trava-língua vocês já conhecem.

...e perguntas

À pergunta de se um beijo secreto que deixa de ser secreto deve ser perdoado, o senso comum garantiu que dependia; o orgulho insinuou que de forma alguma; o ciúme disse o mesmo, aos gritos; o arrependimento suplicou que sim; o Barbacerrada ficou em silêncio e foi buscar a resposta em sua barba. Tinha esquecido que estava recém-barbeado.

MANUAL DE INSTRUÇÕES PARA DISTINGUIR DE IMEDIATO BEIJOS VERDADEIROS E BEIJOS FALSOS

Mesmo que um beijo devesse ser verdadeiro por si só, entre as práticas mais comuns do gênero humano está a mentira, que causa três vezes mais problemas do que soluções. As exceções existem, é claro, e não há uma forma definitiva de resolver a questão de se um beijo é verdadeiro ou falso, mas aqui vão algumas indicações que podem ser úteis:

➢ Se você sente cócegas na barriga como se tivesse comido borboletas, não há dúvida: é VERDADEIRO.

➢ Se o coração bate com alegria, como um saltimbanco, fica ainda mais claro: é VERDADEIRO.

➢ Se você tem vontade de bocejar ou de repente um vaso cai ao seu redor e se quebra no chão, alguém espirra por perto ou você está cruzando os dedos da mão esquerda, então o beijo é FALSO.

➢ Nervosismo, uma leve tontura: VERDADEIRO.

➢ Se há um cheiro inegável de ovo podre ou excesso de perfume é um beijo FALSO.

➢ Se há um sorriso verdadeiro no final, não duvide: VERDADEIRO.

➤ Lábios frios como uma montanha de neve, indiferença e som de aplausos enlatados: FALSO.

➤ Se é escrito com v, VEIJO, é FALSO.

➤ Também é VERDADEIRO se você sente algo "suave como uma descarga elétrica".

➤ Se de repente você tem vontade de gritar, de recitar um soneto em voz alta ou de saltar como se pudesse tocar o teto (se é que está em um lugar fechado): sem dúvida é VERDADEIRO.

➤ Se um beijo é VERDADEIRO é adequado a todos os públicos.

➤ Se fede a esgoto, borbulha e o Ladrão de Beijos está por perto, não há dúvida: FOSSA.

➤ Se de repente acordamos, não há ninguém ao nosso lado e estamos um pouco tristes, o beijo não foi VERDADEIRO ou FALSO, e sim sonhado.

➤ Se você sente algo esquisito, meio oco, um brilho estranho, então é uma imitação de beijo, portanto FALSO.

➤ Não vale sempre, mas se seus olhos estão abertos e você pensa em outra coisa, é um beijo FALSO.

➤ As lágrimas de crocodilo têm fama de ser falsas, mas o beijo de crocodilo costuma ser VERDADEIRO.

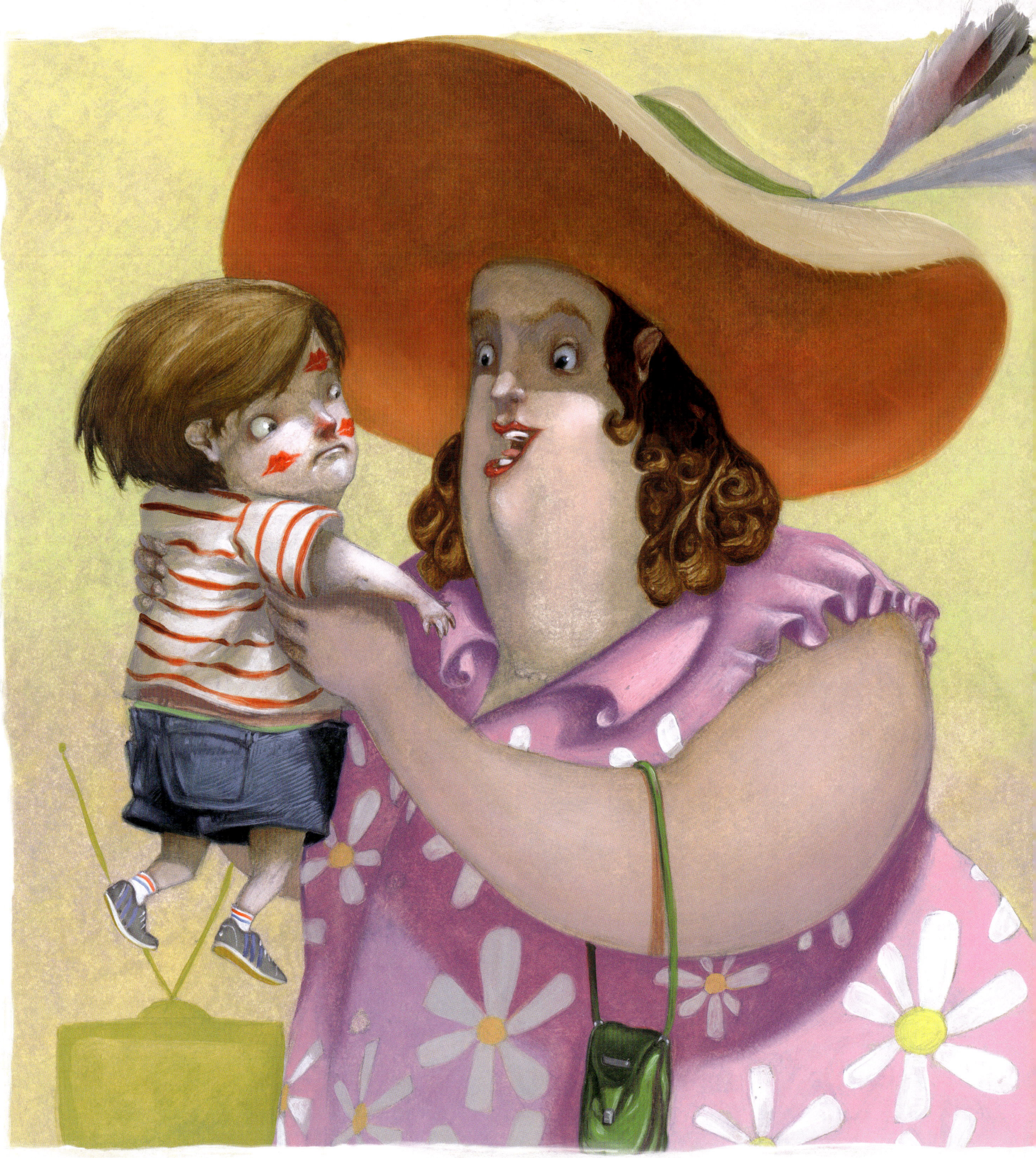

Fio e agulha

Tia Emília gostava muito de costuras. Metros e metros de seda e cetim, chapéus exclusivos, vestidos de linho estampado, lindas camisetas de poliéster muito baratas, lenços 100 % algodão bordados. A sua costureira preferida era uma moça muito calada e que parecia estar sempre meio triste

O beijo da tia Emília

Classificação e habitat

Pertencente à família de Beijos-de-que-é-preferível-fugir, o beijo da tia Emília tem como característica o fato de suas vítimas serem sempre as mesmas: os sobrinhos.
O beijo da tia Emília costuma vir acompanhado de outras amostras de afeto um tanto desagradáveis: gritinhos, beliscões nas bochechas e trejeitos em geral.
Sofre-se com os beijos da tia Emília alguns domingos à tarde e em quase todas as reuniões familiares.

Em que consiste exatamente o beijo da tia Emília?

Como costumam dizer: uma beijoca. O que equivale a manchar o seu rosto com um batom de cor "russian red" de longa duração. Mas o pior não é isso: é quando a tia Emília pega um lenço com suas iniciais bordadas, molha na língua e esfrega na bochecha da vítima.

Pesquisa e futuro desse tipo de beijo

97% dos sobrinhos entrevistados garantem que não é uma sensação agradável.
Os especialistas dizem que dentro de algum tempo não haverá com que se preocupar: pelo visto é um beijo em risco de extinção.

Não adianta se esconder debaixo da cama: a tia Emília vai te encontrar.

Beijos proibidos

O beijo de Guinevere e Lancelot (do ponto de vista do rei Artur)

Na farmácia disseram que o xarope para corações partidos estava em falta, só chegaria na semana seguinte.
Com certeza o aspecto de Artur era típico de alguém triste: lábios formando um bico,
olheiras, voz apagada e alquebrada,
e sim, arrastava um pouco os pés quando andava.
A tristeza pouco se importava com a sua posição de rei!
Afinal foi se consultar com Rita, maga, psicóloga e redatora dos horóscopos do jornal local.
O rei Artur, em tom lamurioso, perguntou-lhe:
– Onde estavam os beijos da minha amada? Como alguém em quem eu confiava, o elegante Lancelot, foi capaz de me roubar os beijos de Guinevere?
– Ninguém lhe roubou nenhum beijo, pois os beijos não são de ninguém. Tenha paciência e distanciamento e cuide bem do seu reino – disse Rita.
Cabisbaixo, Artur saiu da consulta e se dirigiu ao bar mais próximo.
– Aqui não vendemos poções de amor, Artur, no máximo alguma coisa para beber, se quiser...
– Beberei o que você tiver de mais forte – disse o rei.
E enquanto a garçonete lhe servia uma orchata, Artur contou os detalhes de sua história.
– Talvez o amor de Lancelot e Guinevere fosse sincero, e seus beijos, verdadeiros – disse a garçonete no final, com um sorriso cúmplice.
E nesse momento começou a tocar a música preferida de Artur que, sem pensar duas vezes, pediu outra orchata.
Então a bebeu de um gole só, segurou o copo como se fosse um microfone e começou a cantar a plenos pulmões.

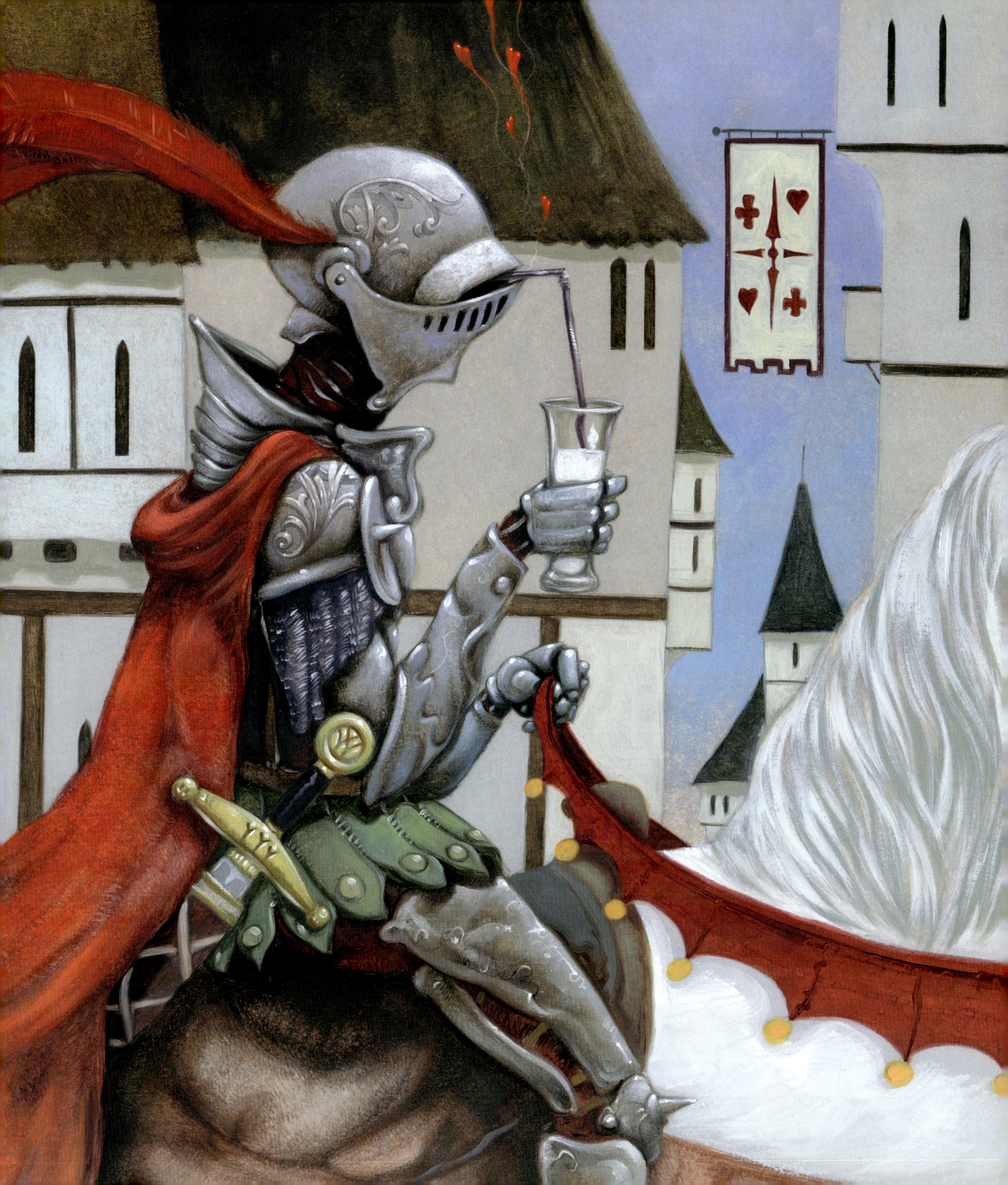

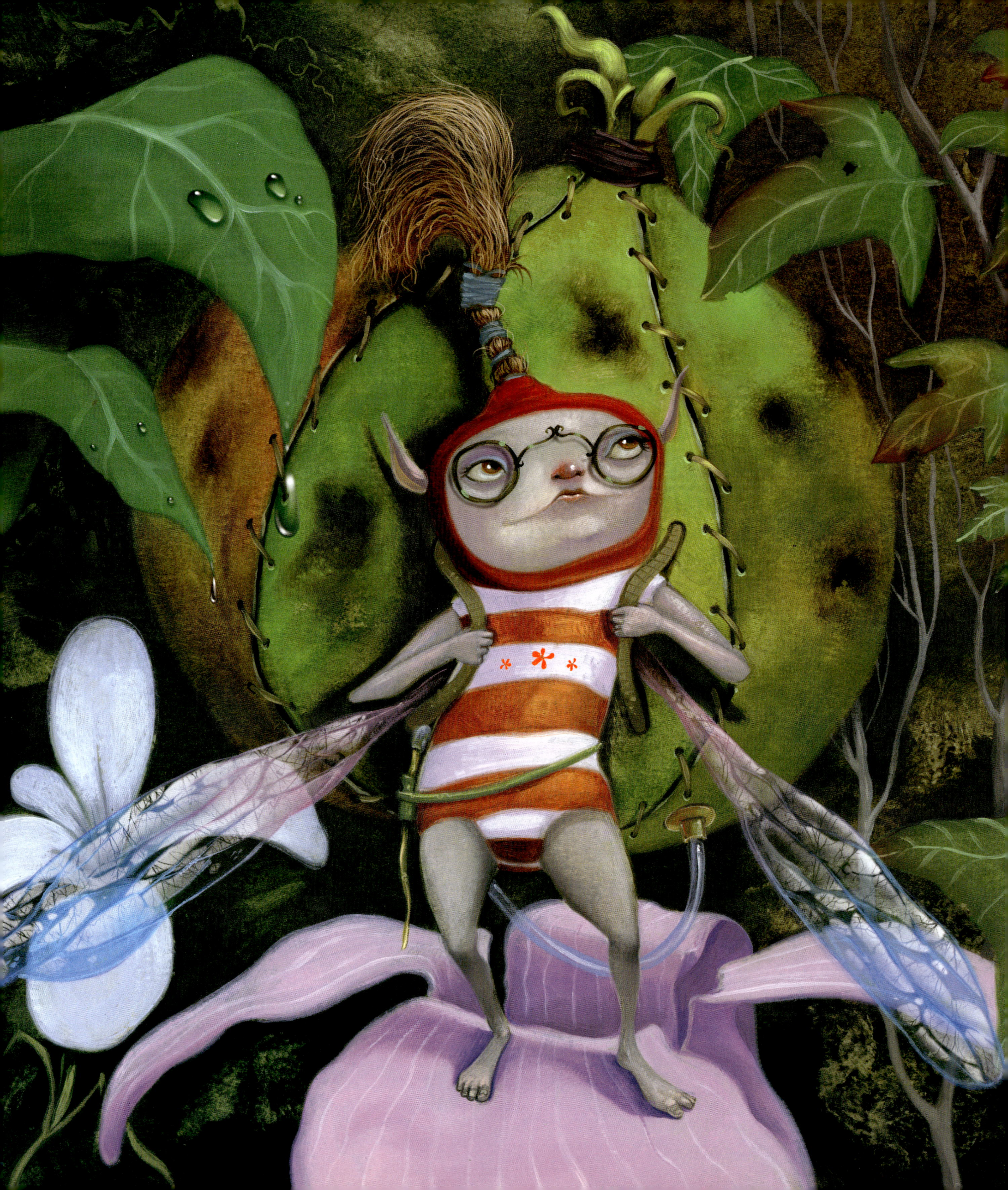

Beijos *made in* Fada

A cada golpe de varinha que a Fada Inconstante dava contra o tronco da maior árvore do bosque, um beijo brotava. De acordo com o estado de espírito da fada e, portanto, da forma como batia a varinha na árvore, os beijos saíam assim ou assado: se o contato era suave, dava forma a um beijo delicado; se dava golpezinhos ritmados, surgia uma coleção de beijos repetidos. A única coisa constante na fada era o seu talento para criar todo tipo de beijos: travessos, apaixonados, arredios, esmerados, furiosos, desesperados (também chamados de beijos S.O.S.), ponderados e regeneradores.

As Fadas Nutrizes, de temperamento um pouco mais cândido e estável, encarregavam-se de guardar esses beijos em local seguro e alimentá-los para que crescessem até alcançar o "estágio ideal de maturação".

E depois disso, quem distribuía esses beijos da forma mais adequada possível? Além de ter lido muito, a Fada Sabichona havia observado o estranho comportamento humano com deleite e concentração. Ela saía todos os dias e todas as noites com um saco cheio de beijos, já crescidos e prontos para serem dados ou recebidos, e procurava a pessoa certa para cada beijo. Dessa forma, aquele beijo delicado, efeito de um golpe suave da varinha, acabava na boca de um príncipe hipersensível que contemplava uma margarida. E a coleção de beijos repetidos era a que uma avó dava nas bochechas de seu neto, entre beliscos e gritinhos. Porém, por mais sabichona que fosse, a fada às vezes falhava em seus palpites e colocava beijos em lábios equivocados, provocando ciúmes, mal-entendidos, xingamentos e rupturas. Nesses momentos a Fada Sabichona se sentia, além de intrometida, um pouco burra. Então, com dúvidas em relação à sua sabedoria e à sua intuição, ela remexia em seu saco de beijos em busca de consolo.

Coleção de Beijos da Bela Adormecida

A concha de edição limitada com que a Madame Bechamel mistura os beijos.

O dedal que Wendy um dia guardou no canto mais escondido de uma caixa.

O beijo que Wendy escondia no cantinho dos lábios (gentilmente cedido à Bela Adormecida pelo próprio Peter Pan).

Um frasco de pó de fadas, importado da Terra do Nunca.

Um saco com vários beijos podres da Fada Má (comprado em uma liquidação).

O troféu dado ao beijo mais longo da história de todos os beijos.

Um beijo da máquina vendedora de beijos, embrulhado como uma bala: em um papel de cores gritantes.

O caramujo que esconde um beijo de sereia.

O diploma que certifica Laura von Schultzendorff como catedrática *cum laude* do beijo.

O cartão-postal que Romeu e Julieta enviaram do Caribe no verão passado.

Uma garrafa com suco de lucuma com suspiro que contém dois beijos: o de Romeu em Julieta e o de Julieta em Romeu.

Oito variedades diferentes do beijo tímido, oito tons vermelh...

Um beijo em péssimo estado que Bela conseguiu resgatar da fossa de beijos e restaurar para sua coleção.

As pinças de madeira com que ela retirou esse beijo.

Uma coleção de frascos de cristal que guardam os beijos dos super-heróis.

Uma margarida que sempre diz não.

Uma margarida que sempre diz sim.

A fotografia de dois crocodilos se beijando de frente.

A vela que iluminou a última carta que Cyrano escreveu para Roxane.

O sax de Clarence.

O beijo que Penélope deu em Ulisses quando ele retornou de sua viagem.

Uma caixa na qual SUPOSTAMENTE esconde-se um beijo secreto.

A lista de beijos roubados esta semana pelo Ladrão de Beijos.

O batom "russian red" da tia Emília.

O lenço de renda do príncipe delicado.

O retalho de tecido bordado em vermelho que a costureira teceu enquanto pensava em seu amado.

O beijo russo: um beijo dentro de um beijo, dentro de um beijo...

O beijo perfeito

Um beijo da duquesa Delika Tessen, apanhado com rede.

Um par de ganchos com que um pirata conseguiu pegar um beijo de sereia.

O último beijo que a princesa deu no último sapo para então dar-se conta de que o príncipe encantado não existia. (Felizmente, para as garotas menos céticas, existe uma Associação de Crentes no Príncipe Encantado que pensa o contrário, e inclusive garantem tê-lo conhecido.)

A garrafa com a mensagem da sereiazinha.

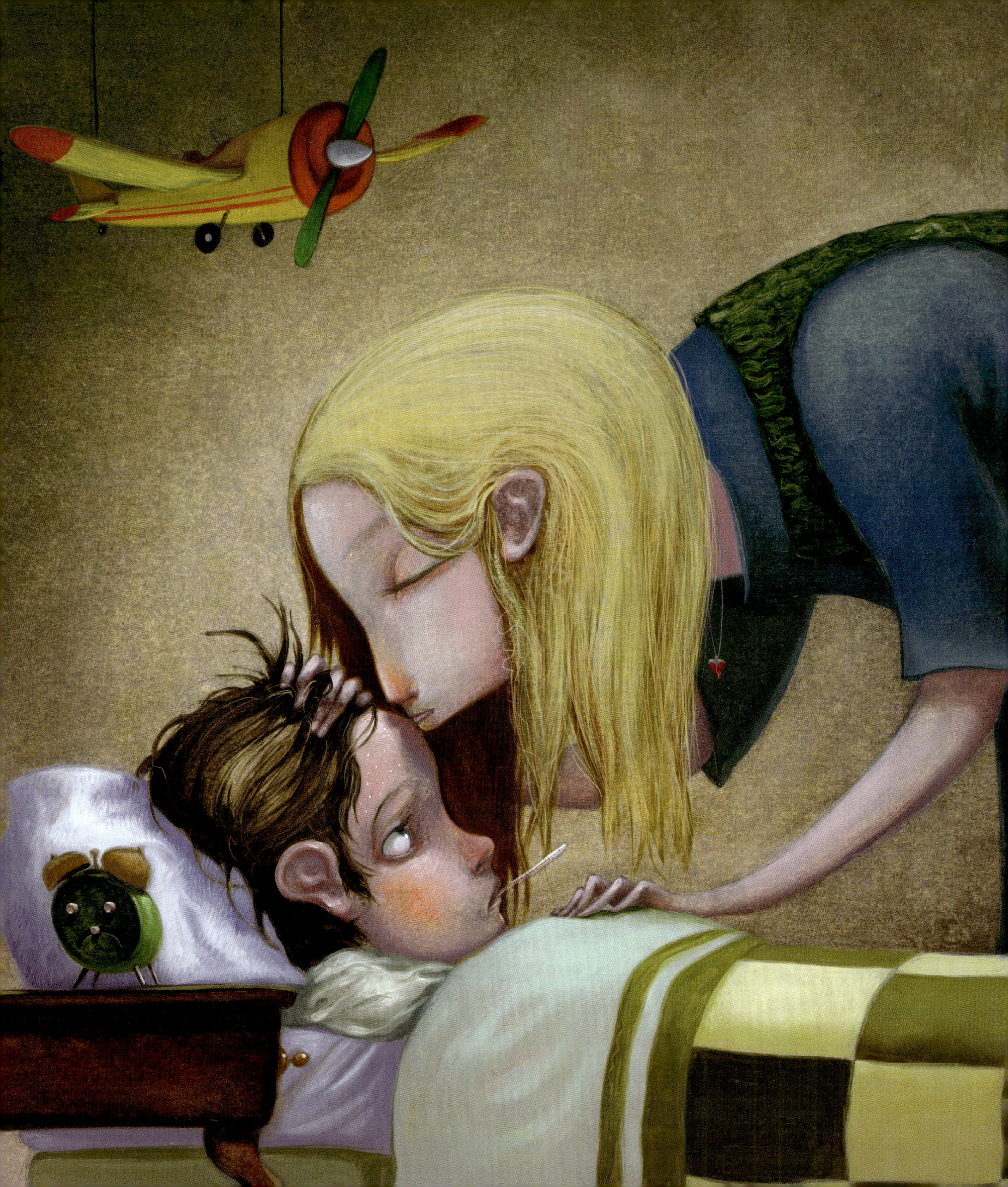

Além de poder medir a temperatura corporal e adivinhar se você tem febre, os beijos possuem outras qualidades: por exemplo, o beijo sonífero, que também costuma ser dado na testa, para complementar o xarope no inverno. Talvez não garanta sonhos doces, mas dá a certeza do afeto que a pessoa que o deu tem por você.

O BEIJO TERMÔMETRO

Da mesma maneira que os friorentos medem a temperatura da água da piscina com a ponta do dedão do pé, existe um tipo de adultos preocupados que encostam os lábios na testa das crianças para ver se elas estão com febre. Não está demonstrado cientificamente que o Beijo Termômetro seja um método confiável. Mesmo assim, o diagnóstico tende a ser certeiro – e quase sempre o mesmo:

DODÓI!

As crianças com febre parecem mais boazinhas e dóceis, ficam com as orelhas e as bochechas vermelhas e sentem frio e calor ao mesmo tempo. Parece lógico pensar que as mentes febris mais espertas, em um ato heroico, formulariam a seguinte pergunta:

O termômetro quebrou?

Mas se enganam: o termômetro não quebrou. Talvez desta vez os menos espertos sejam os mais inteligentes: não perguntam nada porque sabem que o Beijo Termômetro é um remédio por si só, como um calmante que faz com que a febre não seja tão detestável.

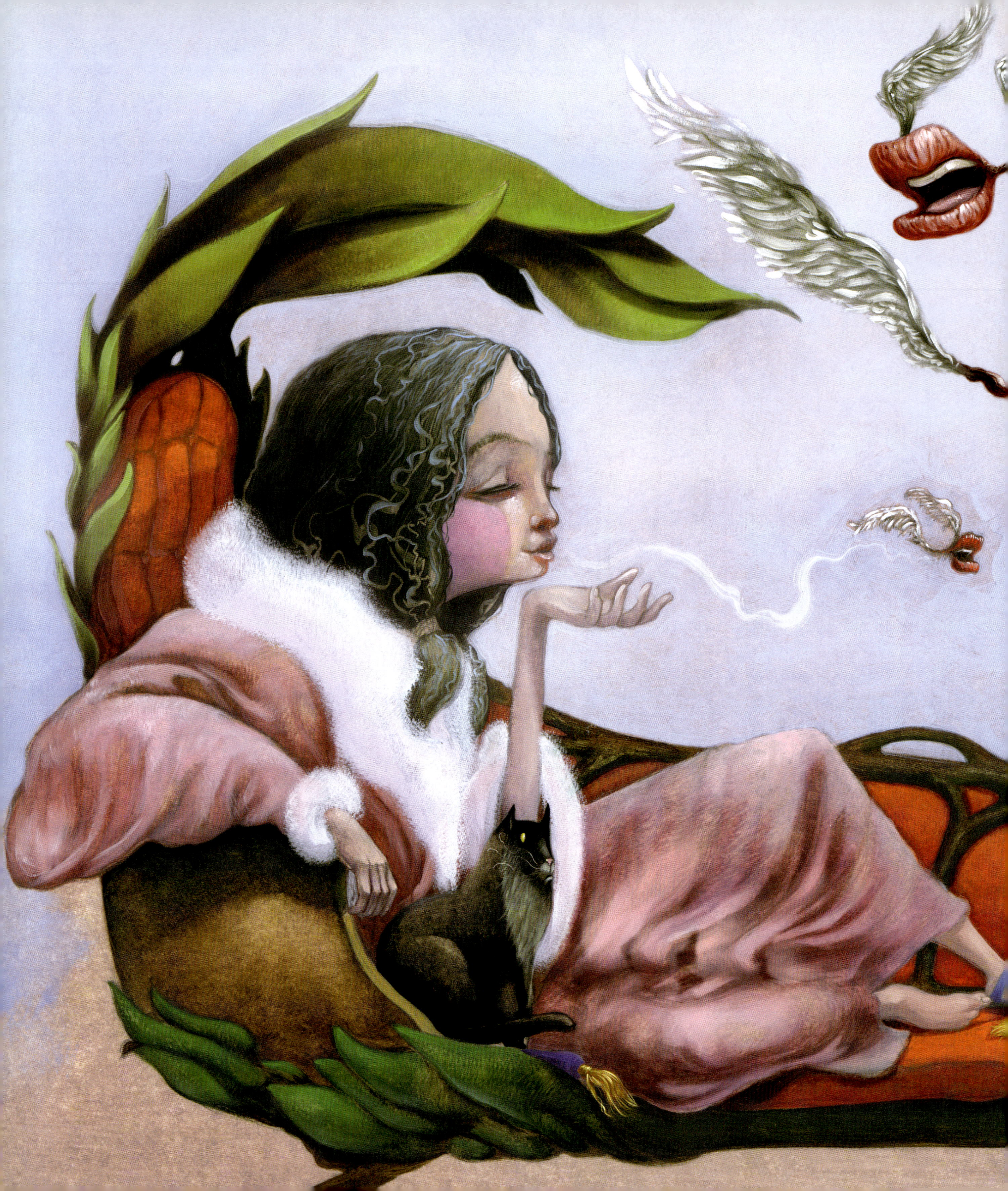

Ninguém os lança como eu, sai-ba-dis-so

De como a duquesa Delika Tessen transformou o lançamento de beijos em uma arte

Em sua juventude, a renúncia foi a opção mais elegante para a duquesa Delika Tessen. Ornada com suas melhores roupas – o vestido púrpura era o seu preferido –, ela acumulava uma negativa atrás da outra.

A cada NÃO que soltava para seus pretendentes
a duquesa se tornava mais bonita.

Em alguns anos se transformou na mulher mais bela
num raio de cinquenta e três quilômetros, o que na época era muito.

E o que aconteceu com os pretendentes,
essa legião de marqueses, arlequins, condes e marionetistas
que cobiçavam o "sim" da duquesa?

Bem, quando eles ficavam frente a frente com ela começavam a gaguejar
devido ao excesso de beleza:
incapazes de declarar suas intenções, saíam correndo

APAVORADAMENTE.

Percebendo que não conseguia mantê-los por perto, a duquesa levava a mão à boca,
beijava os dedos e soprava forte na direção das suas vítimas.

Era ou não era a opção mais elegante?
Foi exatamente assim que Delika Tessen transformou o lançamento de beijos em uma arte.

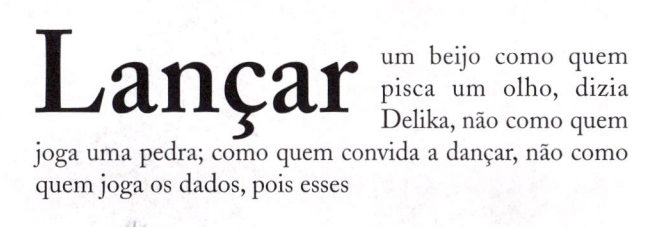

Lançar um beijo como quem pisca um olho, dizia Delika, não como quem joga uma pedra; como quem convida a dançar, não como quem joga os dados, pois esses

beijos morrem no ar, dizia ainda Tessen, porque quem os lançou não acertou na pontaria. Os meus, entretanto, sempre chegam ao seu destino: o coração de quem foge.

o dia e a noite

Quando pequenas as duas irmãs eram muito diferentes.
Se as suas vidas tivessem trilha sonora,
na de uma predominariam violoncelos apagados;
na da outra, entretanto, o som colorido de uma flauta.
Se era mais fácil imaginar a irmã triste com um céu escuro como fundo,
a irmã alegre combinava mais com uma manhã luminosa.
Enquanto uma adorava ficar lendo à noite, rodeada por lírios,
a outra saía para o jardim e rodopiava sob a luz do sol.
Sim, é claro que a irmã triste se comportava mal,

Adivinhação: qual das duas irmãs gosta mais de beijos?

a noite e o dia

mas é que às vezes a raiva e a tristeza eram muito semelhantes.
Um dia a irmã alegre, cansada das más ações da outra, disse-lhe:
"A tristeza é como uma fechadura,
mas você pode conseguir uma chave,
girá-la e deixar que a raiva se transforme em outra coisa".
Depois de dizer isso, deu-lhe um beijo na bochecha esquerda.

Essa era a chave.
Desde então, as irmãs se parecem mais e mais a cada dia.

Solução: as duas bossam fazer uma sem uma ter mais dificuldade em demonstrar.

A sereia e o Barbacerrada
ou como dois finais tristes podem gerar um início feliz

Não se deve desprezar uma mensagem desesperada, sobretudo se ela emerge do fundo do mar.

```
"Procuro um pirata solteiro e um final
  feliz para a minha história. PT.
  É bom avisar: sou uma sereia. PT.
  Conquistadores baratos e
  alérgicos a peixe, afastem-se. PT"
```

Segredo número um: Barbacerrada não sabia nadar.

Mesmo assim, gostava de passear pela praia.
Olhar o horizonte ou afundar a perna de pau na areia
ajudava-o a esquecer Lupita.

Ele desenhava castelos de areia em sua mente.
Imaginava, por exemplo, que tropeçava em uma garrafa,
que a garrafa continha uma mensagem,
que a mensagem era dirigida a ele.

Segredo número dois: Barbacerrada se sentia sozinho.

Por isso às vezes confundia o que imaginava com o que acontecia:
um ponto luminoso se aproximando da beira do mar:
Era isso mesmo?
Sim.
De verdade?
De verdade.
De verdade verdadeira que havia uma sereia a poucos metros dali, olhando-o?
De verdade verdadeira.
Existe verdade falsa?
Chega.

Segredo número três: Barbacerrada se apaixonava facilmente.

– A minha beleza não o assusta? – perguntou-lhe a sereia, enfim.
– Não – respondeu Barbacerrada, já dentro da água. – E a minha indecisão, incomoda-a?
– Sim... Não... Não sei – brincou a sereia.
De repente Barbacerrada sabia nadar e já não se sentia sozinho.
Os segredos número um e número dois
não faziam mais sentido.
– É verdade que têm gosto de sal – disse Barbacerrada.

Onde os Beijos se escondem

Há tímidos que aprisionam seus beijos em punhos fechados,
como naquele jogo de pedra, papel ou tesoura.
Os sem-vergonha não têm tempo de escondê-los:
escapam dos seus lábios, como bolhas
que estouram rapidamente, SMACK!, antes de chegar ao seu destino:
uma bochecha, uns lábios, as costas da mão.

E em cartas, também há beijos escondidos em cartas,
nas traças de textos que confessam amores,
no cofre do pirata apaixonado,
e na pele viscosa do sapo.

Há beijos nas estantes do alquimista
que fabrica beijos, em algumas de suas poções secretas
e também em alguns livros,
dormindo entre páginas fechadas.

Os beijos se escondem dentro e fora:
na curva da esquina: o vento, por exemplo,
parece um beijo na bochecha,
e a luz do sol, quando bem forte,
é também um beijo nos olhos que piscamos.

Há beijos escondidos em fotografias emolduradas,
beijos que se ocultam em partes de roupas,
mesmo depois de lavadas.

E, como não, também há beijos que são esquecidos,
o nome e o rosto ficam apagados
ou são confundidos: beijos um pouco menos
verdadeiros, mas mesmo assim, beijos.

Há beijos em caixas e gavetas, em arquivos,
e também há beijos escondidos em páginas de livros,
esperando que alguém os descubra
e lhes dê vida.

Se você sabe como beija...

Reunidos durante um congresso, os mais renomados estudiosos da Teoria do Beijo, entre eles os autores de livros como *Beijos dados e não dados* e *O beijo perfeito: mito ou verdade*, chegaram a uma conclusão extraordinária: é possível estabelecer uma classificação de conduta a partir dos tipos, ritmos, causas e consequências dos beijos. Depois de horas, semanas, meses! de deliberações (durante os quais não só se teorizou mas também se praticou quase todos os tipos de beijos), eles traçaram esse questionário singular sobre a personalidade, avalizado e elogiado pela CCB (Comunidade de Catedráticos do Beijo):

1. Seu primeiro beijo foi...
A. De lamber os beiços.
B. Um pouco atrapalhado. Emotivo, mas sem a perícia e a técnica adequadas.
C. Especial.
D. Não me lembro.

2. O seu sabor preferido é:
A. Morangos silvestres.
B. Morangos com um leve toque de limão e uma gota de jasmim.
C. Morangos com chantilly.
D. Brócolis, alcachofra, alfarroba, enxofre...

3. Quando beija, você inclina a cabeça para...
A. Isso importa?
B. Primeiro para a direita, depois esquerda, em intervalos regulares de 3 e 5 segundos.
C. Direita.
D. Nenhum lado.

4. Quando beija, a música que toca é...
A. Rock and roll!
B. A abertura de Parsifal, seguida de "Nessun Dorma" e talvez um jazz ou blues, dependendo do tipo de beijo.
C. Só escuto as batidas do meu coração.
D. Estridente.

5. O beijo perfeito é...
A. Todos os beijos são perfeitos.
B. Um objetivo a ser alcançado.
C. Um ideal.
D. Isso não existe.

6. Às vezes você beija...
A. Quando olha.
B. Quando estuda.
C. Quando sonha.
D. Como assim "às vezes"?!

7. Os beijos duram...
A. O que têm que durar.
B. Depende do tipo de beijo.
C. Sempre muito pouco.
D. Demais.

8. O ingrediente indispensável para cozinhar um beijo é:
A. Querer cozinhar um beijo.
B. Três partes de amor, duas de desejo, uma de carinho, duas colheres de açúcar e uma pitada de sal.
C. Carinho, amor, açúcar, sal...
D. Quem iria querer cozinhar um beijo?

9. Escolha uma destas frases...
A. Por que todo mundo me diz o que tenho de fazer? Não! Este sonho é meu e eu decido como continua.
B. Cavalheiros, preciso lembrá-los de que as minhas chances de sucesso aumentam a cada nova tentativa?
C. Quero que exista poesia em minha vida, e aventura, e amor. Não a interpretação artística do amor, mas sim o amor capaz de abalar a vida, impetuoso, incontrolável, como um ciclone no coração diante do qual não se pode fazer nada que o destrua ou encante.
D. Meus desejos são ordens para mim.

10. Você gostaria de beijar...
A. Hoje? Agora? Amanhã? Esta noite?
B. Morgan Kovalski, a autoridade máxima em Teoria do Beijo.
C. Meu Deus! Não vou responder a essa pergunta.
D. Como? Ninguém, é claro!

11. O melhor beijo de sua lembrança?
A. Não poderia eleger um só.
B. Asbury Park, 15 de janeiro de 2011. Quase perfeito.
C. O que ainda não dei.
D. Todos os que não dei.

12. O preço que você pagaria por um beijo...
A. Nada. Beijos não são comprados. São dados ou não. E dependendo do caso, roubados.
B. Depende de que tipo de beijo se trata. Os Beijos Extraordinários obviamente são mais valorizados.
C. Esquecer como se voa, ter rabo de peixe, perder a voz...
D. Nunca pagaria por um beijo.

13. Você costuma esconder beijos...
A. Sempre tenho um escondido na manga.
B. Não os escondo. Classifico-os por tamanho, forma e cor.
C. Debaixo do travesseiro, na barra da saia, em um pedaço de pizza, em uma música do Bruce Springsteen, em um disco do Motörhead, em uma garrafa de vinho branco, em um ramo de margaridas, no meu sofá vermelho...
D. Em frascos usados de água sanitária.

14. Você prefere beijos...
A. Longos, lentos, suaves e doces.
B. Com muita técnica. Calculados.
C. Apaixonados.
D. No vinagre, ao limão, em escabeche.

15. Se os beijos partem o seu coração...
A. Chocolate.
B. Recupero-me depois de algum tempo – em geral de 7 a 100 dias.
C. Choro.
D. Dou risada.

16. Se você engasga com um beijo...
A. Isso nunca aconteceu.
B. Preparo um tônico com autoestima, afeto, amizade... seu efeito é quase instantâneo.
C. Uma tragédia. Sinto-me, como Branca de Neve, com um pedaço de maçã na garganta.
D. Dou risada.

17. Quando você beija sente estes efeitos colaterais:
A. O coração fica ainda mais vermelho.
B. Os comumente relacionados à prática, descritos pelo professor Kovalski em Teoria do Beijo.
C. Borboletas no estômago, arrepios, formigamento no coração...
D. Vontade de vomitar.

18. A frequência ideal de beijos é...
A. Quando me dá vontade.
B. Para Beijos Carinhosos, todo dia, para Beijos Apaixonados, dois por semana, para...
C. A cada dia, cada hora, cada minuto, cada segundo, cada...
D. A cada volta completa do periélio de Mercúrio em torno do Sol.

19. Você gosta de guardar beijos em...
A. Papéis coloridos, dos que fazem barulho quando desembrulhados.
B. Classificados em caixas de vidro com etiquetas de identificação.
C. Dentro de envelopes perfumados, escondidos na tinta de cartas de amor.
D. Em lixas.

20. O seu beijo preferido é...
A. O Beijo Extravagante (em todas as suas variantes).
B. O Beijo Extraordinário. Nas variedades Beijo Eterno ou Beijo Inesgotável.
C. O Beijo Apaixonado. Seja ele Proibido, Impetuoso, Cego, Ardente, Intenso, Arrebatado, Vulcânico ou Furtivo.
D. O Beijo Envenenado.

...sabe como é...

Maioria de A: BEIJOQUEIRA
Para você, não há nada melhor que um beijo. Nada é mais doce, refrescante e estimulante que um beijo. Os olhos se tornam mais verdes, e o coração, mais vermelho. Você não entende por que todos não mandam beijos junto com os "bom-dia", "boa-tarde", "boa-noite". Não compreende a avareza no que diz respeito a beijos. É livre de preconceitos e faz tempo que sabe que o príncipe encantado não é o único que merece seus beijos.

Maioria de C: Aprendiz
Você leva jeito para chegar a ser uma beijoqueira. Ainda precisa de mais experiência, esquecer conhecimentos adquiridos, livrar-se dos obstáculos e sentir a liberdade de distribuir beijos. Tenha cuidado, porque poderá encontrar armadilhas no caminho e decisões que a farão escolher entre Beijoqueira e Perfeccionista.

Maioria de B: Perfeccionista
Poucos beijos. Mesmo gostando deles, você não é do tipo de pessoa que sai beijando sapos e bichinhos de pelúcia. Gosta de escolher bem a quem dirigir seus beijos e só os dá depois de analisar científica e estatisticamente as circunstâncias, os lábios, as condições climáticas e o momento propício. Tenha cuidado, porque a busca de perfeição pode levar você pelo caminho da Fada Má.

Maioria de D: Fada Má
Você é uma Fada Má com coração de pedra. Não se pode fazer quase nada por você. Mas se leu este livro e fez o teste, talvez exista um resquício, uma brecha para os beijos em seu coração duro. Ou talvez você tenha se disfarçado respondendo como a Fada Má...

Breve Dicionário de Beijos

Em colaboração com as vinte e duas universidades especializadas em Teoria do Beijo, apresentamos a nova edição resumida do Dicionário de Beijos. Cientistas, mendigos, trabalhadores, poetas, padeiros, antropólogos e lindas secretárias colaboraram intensamente nesta edição rara que inclui alguns dos tipos mais disparatados, rebuscados e óbvios de beijo. É um grande acontecimento editorial para todos os autênticos adoradores dos beijos.

Beijo barbudo: quando os lábios são emoldurados por bigode, cavanhaque ou barba. Em geral, espeta um pouco.

Beijo bumerangue: é o beijo lançado no ar com a intenção de que volte. Costuma voltar, mas nem sempre se consegue pegá-lo.

Beijo de cantinho: beijo de intenção e destino ambíguos, pois costuma ser dado entre a bochecha e os lábios, mais perto destes que daquela.

Beijo caramujo: não é, como muitos pensarão, o beijo mais lento, mas sim o que deixa um rastro de saliva.

Beijo científico: diz-se da contração dos músculos dos lábios sobre uma superfície (de preferência a pele humana, mas objetos também são aceitáveis), para demonstrar cortesia, amor ou respeito.

Beijo cobra: costuma ser executado pelos tímidos. Depois de um esforço enorme, dão uma mordidinha e saem correndo.

Beijo contraditório: pertencente à categoria dos beijos complexos, diz-se do beijo que ao mesmo tempo é e não é.

Beijo ao cubo: dirigir-se ao cubo em questão e lascar-lhe um beijo. Alerta: se alguém vir isso provavelmente achará bem estranho.

Beijo desobediente: aquele que não se comporta como deveria, provocando reações de estranhamento e até chateação.

Beijo discordante: diz-se do beijo com o qual um dos protagonistas não está de acordo.

Beijo elétrico: conhecido por sua alta voltagem, é capaz de iluminar um ambiente na penumbra.

Beijo encadeado: beijo-que-leva-a-outro-beijo-que-leva-a-outro-beijo-e-assim-por-diante.

Beijo energético: estimula, dá vigor e altera levemente a consciência.

Beijo espelho: é beijar o nosso reflexo, de forma narcísica. O toque dos lábios no espelho costuma ser frio e causar frio.

Beijo espinha: surge no pior lugar, no momento que menos se espera.

Beijo fanfarrão: diz-se daquele cujo valor não está no beijo em si, mas em falar sobre ele depois.

Beijo ficção científica: o que supostamente será dado, no futuro. Quase nunca acontece.

Beijo filme: em risco constante de atuação exagerada, fica bonito na tela, mas às vezes pode parecer pouco verossímil. Principalmente quando os atores viram demais a cabeça sem ficar com torcicolo.

Beijo Gertrude Stein: da mesma forma que uma rosa é uma rosa, é uma rosa, um beijo é um beijo, é um beijo. Diferencia-se do beijo encadeado porque este é conceitual.

Beijo girafa: sim, às vezes o moço beijado é muito alto e não adianta ficar na ponta dos pés. É preciso esticar o pescoço.

Beijo invertido: oditrevni ojieB.

Beijo isósceles: encadeamento de três beijos em que dois são iguais, e um, diferente.

Beijo Magritte: pertencente aos beijos surrealistas, é dado em um contexto distinto do habitual, o que gera uma sensação de estranheza e desvario.

Beijo mordisco: beijo que gera uma mistura de sensações físicas relativamente intensas provocada por uma mistura de sentimentos relativamente intensos.

Beijo mudo: não é o beijo que não produz nenhum som (pois beijo que é beijo tem que gerar algum som, por menor que seja), mas sim aquele beijo que por sua qualidade, seu afeto ou por ser inesperado causa mudez.

Beijo mutante: entre desconfiado e até meio lerdo no início, costuma evoluir para o descaramento e a paixão e ao final tornar-se terno e doce.

"O" Beijo: diz-se daquele beijo mais encorpado.

Beijo oblíquo: beijo incômodo e circunstancial, dado em posições impossíveis. Se dura mais tempo, pode causar câimbras e riso.

Beijo palíndromo: diz-se do beijo que significa a mesma coisa quando lido partindo do começo ou do fim.

Beijo parafuso: diz-se do parafuso que um momento antes estava na cabeça e agora se enrosca e desenrosca em um beijo.

Beijo pargo: executar este beijo supõe alongar os lábios para a frente, ou, como se diz vulgarmente, "fazer biquinho". É digno de nota o aspecto final do rosto, um tanto bobo.

Beijo pica-pau: consiste em beijocar repetidamente a bochecha direita dos netos com os lábios. Gera um som bem estranho, não um "toc-toc-toc", mas algo como "smack-smack-smack".

Beijo platônico: diz-se daquele para o qual não se precisa de lábios e sim de um coração bem-intencionado. Dirige-se aos ídolos, a pessoas inalcançáveis; não se toca a pele, quando muito o pôster na parede do quarto. E não, não é um beijo dado em um platô.

Beijo plutônico: não, não é beijar plutônio, e sim beijar um habitante do planeta Plutão. Sim, eles existem.

Beijo popstar: o popstar em questão diz adorar a cidade onde está acontecendo o show, depois leva as mãos à boca e imprime um beijo que depois lança ao público como símbolo de agradecimento. Enquanto tentam apanhar esse beijo aos pulos, os fãs devolvem o agradecimento em forma de gritos um tanto histéricos.

Beijo pretérito perfeito simples: diz-se do beijo perfeito e simples dado no passado e que por ter sido perfeito e simples provavelmente não voltará a ser dado.

Beijo ao quadrado: um beijo cuja intensidade e duração se multiplicam por si mesmas.

Beijo sem lábios: um dos tipos mais raros de beijo. É dado com os olhos e por telepatia.

Beijo surpresa: o beijo dado no dia em que menos se esperava.

Beijo telefônico: parece mais um eco que um beijo e é um tanto insosso. Resumindo, é bem sem graça.

Beijo teleprompter: diz-se do beijo dado como se a pessoa estivesse lendo instruções.

Beijo truque: é aquele beijo dado para se conseguir algo em troca, às vezes a própria continuidade do beijo.

Beijo vegano: diz-se do beijo dado em uma hortaliça, nunca em algo que respire ou faça sombra.

Personagens Não Tão Secundários

De vida enigmática e personalidade reservada, os personagens secundários não incomodam, apenas estão ali. Não interferem propriamente na ação, só se integram à paisagem onde ela ocorre. Insignificantes para a maioria das pessoas, os personagens secundários podem oferecer grande entretenimento para um olhar atento. Mesmo passando despercebidos em livros, estudos e filmes, sua participação é fundamental no desenlace da história, da literatura e dos beijos. Eles sem dúvida têm direito a reclamar seu espaço nestas páginas.

Bicho da Madame Bechamel.
Crítico gourmet de caráter introvertido e um pouco místico, é responsável por aprovar os beijos que a Madame Bechamel cozinha e sugerir os cardápios de final de semana. Aposta nos produtos de temporada.

O bardo.
Fanfarrão por natureza, canta e conta histórias de todos os tipos: drama, terror, comédia, romance. Lancelot não o suporta.

O pássaro na cabeça de K.v.S.K.
Gosta de chamar a atenção, como se pode ver pelo seu colorido. Assim sendo, é compreensível que tenha se sentido um pouco ofendido porque K.v.S.K. não reparou nele e, indignado, tenha levantado voo depois de algumas horas dessa indiferença.

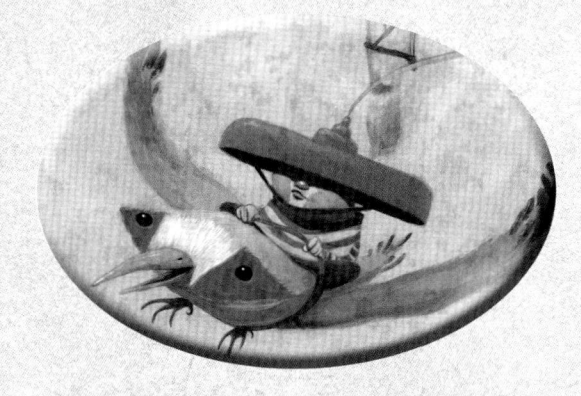

Menino voador da página de Peter Pan.
Repórter sensacionalista, viaja sempre no lombo do PASSARAZZI em busca de beijos exclusivos. O chapéu que usa na realidade é uma lâmpada que utiliza para iluminar as cenas.

Cupido.
Não consegue deixar suas flechas quietas. Lança-as sem parar, em todas as direções. Às vezes até acerta.

A dama do cachorrinho na máquina vendedora de beijos.
Esta dama foi vítima de desamor no relato de um escritor russo. Por isso está ali com seu cachorro (de que nunca se separava), em busca de consolo.

O pato na fila da máquina vendedora de beijos.
Para fazer um dinheirinho extra ele é mascote animador de um time de basquete da segunda divisão. Seu time parece nunca esmorecer. Ele não. Está ali porque perderam mais uma vez.

A tartaruga da sereia.
O que ela mais gosta é que lhe cocem a papada. O casco não é muito sensível. Ah, ela também gosta de dormir e de ficar de barriga para cima, flutuando na água e tostando ao sol.

Hippie de beijos com superpoderes.
Ele não é um super-herói, mas foi um dos fomentadores da Revolução do Beijo, que nunca chegou a acontecer. Os outros diziam que estava fora de moda. Sempre lia os jornais com um olhar crítico. Vegano convicto há vinte anos.

Guarda Irreal da coleção de beijos da Bela Adormecida.
Sua jornada de trabalho é de oito horas, no turno da noite, seis dias por semana. A Bela Adormecida gosta de deleitar-se diante de sua coleção durante as noites. Quando a princesa entra é lei recebê-la com uma reverência. Ele aproveita para ver se seus sapatos estão limpos.

Despertador do menino dodói.
Em geral é feliz, mas está sincronizado com o estado de espírito do menino que deve despertar. Quando este tem febre, por exemplo, seus ponteiros apontam para baixo.

Gato da Delika Tessen.
Elegante e enigmático, sábio como um bom livro, detesta ser classificado como animal de companhia. Ele é muito mais. Estuda os pretendentes de Delika Tessen, dá bons conselhos a ela e também está presente nos difíceis domingos à tarde.